Profil BAC
ŒUVRE & PARCOURS

1re générale & techno
BAC FRANÇAIS

W0316026

Rimbaud

CAHIERS DE DOUAI

Émancipations créatrices

Florian Pennanech
Professeur agrégé de lettres modernes

ISBN 978-2-278-10560-1

Hatier

SOMMAIRE

1 Découvrir le **contexte** des *Cahiers de Douai*

FICHES

2 Définir les principales **caractéristiques** du recueil

FICHES

3 Expliquer des **poèmes** du recueil

FICHES

4 Répondre à des questions de **grammaire**

5 Analyser le thème du **parcours** : « Émancipations créatrices »

6 Traiter des sujets de **dissertation**

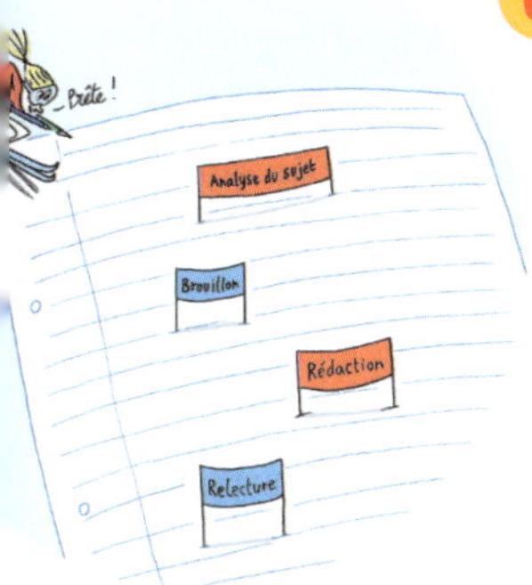

La fiche *Profil*

Les Cahiers de Douai *contiennent des poèmes écrits par Rimbaud à quinze et seize ans. Il y exprime sa haine du patriotisme, du militarisme, de la religion et de la bourgeoisie. Célébrant à l'inverse la nature, le plaisir et la liberté, il fait de la poésie le lieu d'une véritable émancipation créatrice.*

On possède peu de photographies d'Arthur Rimbaud. Celle-ci, prise par Étienne Carjat en 1871, est devenue une icône symbolisant la liberté, la révolte, voire la poésie elle-même.

I La composition du recueil[1]

1) Le premier cahier

- Les deux premiers poèmes célèbrent une sensualité libre et les deux suivants une liberté politique, celle du peuple qui s'affranchit de la monarchie, ou de l'humanité qui se libère du christianisme.
- Quatre poèmes proposent ensuite une réécriture de personnages célèbres : l'Ophélie de Shakespeare, les pendus de Villon, le Tartuffe de Molière et la Vénus de Botticelli.
- Parmi les quatre poèmes suivants, trois opposent la bourgeoisie, férocement ridiculisée, aux élans amoureux du poète.
- Les trois derniers poèmes, des sonnets, étrillent la guerre et le patriotisme.

À NOTER
« Les Effarés » montre **l'envers de la société bourgeoise** en peignant des enfants misérables et affamés.

2) Le second cahier

- « Rêvé pour l'hiver » reprend le thème de la relation amoureuse polissonne et « Le Dormeur du val » la veine antimilitariste.
- Les trois sonnets suivants font allusion à Charleroi, où Rimbaud fugue en octobre 1870.
- L'avant-dernier poème, à part, décrit un buffet plein de souvenirs. Enfin, « Ma Bohême » reprend la figure du poète fugueur, en quête d'amour et de liberté.

1. L'ordre des textes est celui de la première édition des *Poésies* de Rimbaud. Cet ordre est le suivant. **Premier cahier :** Première soirée – Sensation – Le Forgeron – Soleil et chair – Ophélie – Bal des pendus – Le Châtiment de Tartufe – Venus Anadyomène – Les Reparties de Nina – À la musique – Les Effarés – Roman – Morts de Quatre-vingt-douze – Le Mal – Rages de Césars. **Second cahier :** Rêvé pour l'hiver – Le Dormeur du val – Au Cabaret-Vert – La Maline – L'Éclatante Victoire de Sarrebrück – Le Buffet – Ma Bohême.

II Les thèmes principaux

1 L'amour et la nature

- Rimbaud donne une nouvelle dimension à la poésie amoureuse en faisant l'éloge d'une sensualité libre et heureuse.
- La nature est associée à l'ivresse des sens et au désir d'explorer l'inconnu.

2 La tyrannie impériale et la guerre

- Le règne de Napoléon III, que Rimbaud exècre, fait l'objet de virulentes attaques.
- La critique de la guerre franco-prussienne est indissociable de celle du Second Empire.

3 La haine de la bourgeoisie

- Rimbaud réserve ses attaques les plus rudes à la bourgeoisie, dominante désormais en France. À travers elle, c'est la bêtise et le conformisme de tous qu'il vise.

III L'écriture poétique

1 Des formes traditionnelles

- Dix-sept des vingt-deux poèmes des *Cahiers de Douai* sont en alexandrins.
- Douze poèmes sont des sonnets : c'est le cas de cinq poèmes du premier cahier et de tous ceux du second.

> **À NOTER**
> « Première soirée », « Les Effarés » et « Les Reparties de Nina » (ainsi qu'une strophe répétée du « Bal des pendus ») sont en **octosyllabes** (avec parfois des tétrasyllabes).

2 Une tentative d'émancipation

- Sans révolutionner les formes poétiques comme il le fera plus tard dans ses poèmes en prose, Rimbaud introduit des germes de nouveauté en pratiquant le sonnet irrégulier ou en désarticulant l'alexandrin par des rythmes inhabituels.
- Sa poésie se fait plus prosaïque, avec des références au monde contemporain et l'usage d'un lexique familier.

3 Des tonalités variées, dominées par le lyrique et le satirique

- Les *Cahiers de Douai* sont dominés par l'alternance du lyrisme, qui accompagne la célébration de l'amour et de la liberté, et de la satire politique, sociale ou religieuse.
- On retrouve plus rarement des envolées épiques dans les poèmes évoquant la Révolution, ou des moments de pathétique pour dépeindre la misère ou l'injustice.

L'organisation du recueil

Les poèmes des Cahiers de Douai *ont été confiés par Rimbaud au poète et éditeur Paul Demeny, avec sans doute l'espoir que celui-ci les publie* *(→* **fiche 3***).* *Cependant, plus tard, il lui ordonna de les brûler ! Formaient-ils à ses yeux un véritable « recueil » doté d'une « architecture » ? On l'ignore, mais on peut y déceler une certaine organisation.*

Premier cahier : quinze poèmes

1 L'éloge de la liberté

La liberté individuelle : savourer l'amour et la nature

- « Première soirée » raconte les débuts d'une relation amoureuse. Le jeune homme dépose trois baisers : sur les chevilles, puis sur les yeux, et enfin sur le sein d'une jeune fille.
- Dans « Sensation », le poète évoque ses promenades sur les sentiers, les soirs d'été, dans la nature, le cœur rempli de désir amoureux.

La liberté collective : s'affranchir de l'oppression politique et religieuse

- « Le Forgeron » évoque l'épisode du 20 juin 1792 : le peuple s'empare de la résidence royale des Tuileries. Un forgeron interpelle le roi pour peindre la misère du peuple et les injustices qu'il subit.
- « Soleil et chair » est un poème philosophique, qui exprime la nécessité de remplacer le christianisme par une religion dédiée à Vénus et aboutissant à une nouvelle ère de bonheur pour l'humanité.

2 Réécritures de personnages célèbres

Réécritures fantastiques : la noyée, les squelettes

- « Ophélie » évoque le personnage d'*Hamlet* de Shakespeare (vers 1598) qui se suicide par noyade. Rimbaud la décrit flottant énigmatiquement sur l'eau, avant de devenir un fantôme.
- « Bal des pendus » est une scène joyeusement macabre où des pendus squelettiques dansent en s'entrechoquant, rappelant la « Ballade des pendus » de François Villon (vers 1462).

Réécritures réalistes : le dévot humilié,

- « Le Châtiment de Tartufe » (sonnet) emprunte à Molière son personnage de dévot hypocrite pour lui infliger une humiliation : il se retrouve nu.

la déesse corrompue

■ « Venus Anadyomène » (sonnet) reprend l'image de la déesse surgissant des eaux, présente par exemple dans le tableau *La Naissance de Vénus* de Botticelli (vers 1485). Mais Vénus est ici une vieille prostituée atteinte de syphilis.

3 Le procès de la société bourgeoise

La satire de la bourgeoisie (1)

■ « Les Reparties de Nina » imagine une promenade amoureuse puis le retour, par une douce soirée à la campagne. Le dernier vers fait entendre Nina, qui s'avère être en couple avec un employé de bureau.

■ « À la musique » est une évocation d'un concert en plein air, donné par un régiment, à Charleville. À cette satire féroce de la bourgeoisie le poète oppose ses élans amoureux juvéniles.

La déploration de la misère

■ « Les Effarés » décrit cinq enfants pauvres, affamés et transis de froid, observant par un soupirail un boulanger qui cuit son pain. Les enfants agenouillés paraissent en prière devant cette nourriture inaccessible.

La satire de la bourgeoisie (2)

■ Dans « Roman », un jeune homme, sortant des « cafés tapageurs », rencontre une « demoiselle » accompagnée d'un père bourgeois. Mais il retournera finalement aux « cafés éclatants » du début.

4 La dénonciation du Second Empire et de la guerre

Les idéaux républicains et pacifistes

■ « Morts de Quatre-vingt-douze... » (sonnet) est la réaction indignée à un article paru dans la presse bonapartiste appelant au patriotisme des républicains. Rimbaud y oppose un vibrant portrait des révolutionnaires qui ont combattu pour libérer le peuple de la monarchie.

■ « Le Mal » (sonnet) évoque l'horreur des champs de bataille d'août 1870 et désigne les coupables : les dirigeants de la Prusse et de la France, qui envoient leurs soldats à la boucherie. Mais l'autre grand coupable, selon Rimbaud, est l'Église qui encourage les massacres.

La défaite de Sedan

■ À la suite de la défaite de Sedan le 2 septembre 1870, Napoléon III est fait prisonnier en Allemagne. « Rages de Césars » (sonnet) le décrit, physiquement affaibli et moralement corrompu, enrageant d'avoir tout perdu.

Second cahier : sept sonnets

« Rêvé pour l'hiver »

- Dans ce sonnet, les quatrains mettent en place le décor d'un wagon accueillant, dont la fenêtre laisse apercevoir un extérieur menaçant. Les tercets évoquent la scène amoureuse, où le baiser est comparé à une araignée que le poète est invité à chercher sur la peau de l'être aimé.

« Le Dormeur du val »

- Le premier quatrain de ce sonnet brosse le tableau champêtre et lumineux d'un vallon où, comme l'évoque le second quatrain, un jeune soldat semble dormir. Les tercets le montrent souriant et paisible, mais on comprend dans le dernier vers qu'il est mort, tué au combat.

Trois sonnets sur la fugue en Belgique d'octobre 1870

- Dans **« Au Cabaret-Vert[1] »**, le poète évoque un moment de répit dans son périple : une auberge où il se restaure, se repose en admirant le décor et s'amuse de la servante sensuelle et joyeuse.
- Comme dans le poème précédent, dans **« La Maline »**, le poète se repose, mange et rencontre une servante entreprenante, qui trouve un prétexte pour inciter le jeune homme à lui donner un baiser.
- Dans **« L'Éclatante Victoire de Sarrebrück »**, le poète décrit avec ironie une « gravure belge brillamment coloriée » représentant la victoire des troupes françaises, le 2 août 1870. La bataille fut en réalité brève et insignifiante mais la propagande bonapartiste en fait une victoire « éclatante ».

« Le Buffet »

- « **Le Buffet** » est entièrement consacré à la description de ce meuble rempli de « vieilles vieilleries » qui font ressurgir les souvenirs et les images d'autrefois.

« Ma Bohême »

- Dans **« Ma Bohême »**, le poète se met une fois encore en scène dans la figure du marcheur. Il décrit ses déambulations sous les étoiles, son dénuement et ses rêves d'amour.

1. L'indication « Cinq heures du soir » peut aussi être vue comme un élément du titre. C'est pourquoi on trouve aussi ce poème intitulé « Au Cabaret-Vert, cinq heures du soir ».

1 Découvrir le **contexte** des *Cahiers de Douai*

1 Qui est Rimbaud ?

Rimbaud commence à écrire des poèmes à quinze ans, puis cesse toute activité poétique à vingt ans. En quelques années, son œuvre aussi brève qu'intense a révolutionné la poésie. Cette exploration de l'inconnu est guidée par une irrépressible soif de liberté.

I Un génie précoce

- Arthur Rimbaud naît le 20 octobre 1854, à **Charleville**, ville des Ardennes, dans le nord-est de la France, devenu aujourd'hui Charleville-Mézières.

1) Un brillant élève épris de poésie

- Rimbaud est un élève brillant, qui collectionne les prix d'excellence. Il se montre rapidement capable de composer des vers en latin. En janvier 1870, il publie pour la première fois un poème, « Les Étrennes des orphelins ». Il se lie également avec Georges Izambard, son jeune professeur de français (appelé à l'époque professeur de rhétorique).

- Rimbaud, qui admire à cette époque les Parnassiens (→ **fiche 3**), envoie trois poèmes à leur chef de file, Théodore de Banville, dans l'espoir d'être publié dans le recueil *Le Parnasse contemporain* : « Sensation », « Ophélie » et « *Credo in unam* », première version de « Soleil et chair ». Mais ses poèmes ne sont pas retenus.

> **À NOTER**
> Le poème **« À la musique »** comporte l'indication « Place de la gare, à Charleville ». Le texte est une satire féroce de la bourgeoisie de province, qui montre l'esprit de révolte de l'adolescent.

2) Les *Cahiers de Douai* et les lettres du voyant

- À la fin d'août 1870, Rimbaud fait une première fugue. Après un passage en prison, il est accueilli par Izambard à Douai, où il fait la connaissance du poète Paul Demeny, qui vient de publier un recueil.

- Rimbaud, pensant que Demeny peut l'aider à être publié, lui remet une série de quinze poèmes en septembre, puis, après une nouvelle fugue, une série de sept sonnets en octobre : c'est ce qu'on appelle les *Cahiers de Douai*. Mais, cette fois encore, rien ne sera publié.

- Mais l'idée que Rimbaud se fait de la poésie évolue vite. Il rejette bientôt la poésie des Parnassiens. Il s'en explique dans deux lettres, adressées le 13 mai 1871 à Georges Izambard et le 15 mai à Paul Demeny. On les appelle les lettres du voyant car il y affirme vouloir se faire « *voyant* par un long, immense et raisonné *dérèglement* de *tous les sens* ».

> **À NOTER**
> Les ***Cahiers de Douai*** tels qu'on les lit aujourd'hui comportent deux parties : le premier cahier contient les quinze poèmes remis en septembre, et le second cahier les sept sonnets remis en octobre.

II La révolution poétique

1 La rencontre avec Verlaine et *Une saison en enfer*

- En septembre 1871, Rimbaud vient à Paris sur l'invitation du poète Paul Verlaine (1844-1896), récemment marié. Celui-ci le présente à divers poètes, mais le tempérament provocateur de Rimbaud les exaspère rapidement.

- En juillet 1872, Verlaine abandonne femme et enfant pour s'enfuir avec Rimbaud. Leur relation est marquée par la jalousie de Verlaine. En juillet 1873, à Bruxelles, il tire avec un revolver sur son amant. Il est condamné à deux ans de prison.

- Rimbaud s'inspire de cette expérience pour écrire un recueil de poèmes en prose, *Une saison en enfer*, qui sera son seul recueil publié de son vivant (à Bruxelles, en octobre 1873). Cette œuvre ne se réduit pas à sa dimension autobiographique : c'est une réflexion sur l'échec de l'idéal poétique exprimé dans les lettres du voyant. Le dernier poème, « Adieu », semble déjà indiquer que Rimbaud renonce à la poésie.

À NOTER

Rimbaud fréquente un groupe de provocateurs, le **Cercle des poètes zutiques** (→ zoom, p. 25). Verlaine et Rimbaud participent à leur œuvre collective, l'***Album zutique***, en écrivant un poème parodique, « Le sonnet du trou du cul ».

2 Les *Illuminations* et le silence définitif

- En novembre 1873, Rimbaud rencontre le poète Germain Nouveau : ils partent ensemble à Londres en 1874. Nouveau recopie des poèmes en prose de Rimbaud, par la suite regroupés sous le titre *Illuminations*, dont on ne sait pas s'ils furent écrits avant, après, ou en même temps que ceux d'*Une saison en enfer*.

- Les *Illuminations* paraissent en 1886. Rimbaud n'est pas au courant de cette publication : il a, depuis 1875, délaissé la poésie au profit de voyages qui l'ont mené à Aden, au Yémen, et à Harar, en Éthiopie, où il est devenu marchand d'armes. Il meurt à l'âge de 37 ans, le 10 novembre 1891.

zoom

Les Vilains Bonshommes

Entre 1869 et 1872, les dîners des Vilains Bonshommes rassemblent des poètes (Verlaine, Banville, Mallarmé...), mais aussi des peintres, comme Fantin-Latour. Rimbaud y lit le 30 septembre 1871 son poème « Le Bateau ivre ». Il se montre d'une telle insolence qu'il est bientôt violemment exclu du groupe.

Henri Fantin-Latour, *Coin de table* (1872).

2 Quel est le contexte historique ?

Lorsque Rimbaud confie les Cahiers de Douai *à Paul Demeny, en septembre-octobre 1870 (→* **fiche 1***), la France traverse une période tumultueuse : la défaite contre la Prusse met fin au Second Empire et aboutit à la proclamation de la Troisième République. Le régime, né en 1852, s'achève dans la débâcle.*

I Napoléon III et le Second Empire

1 Du Premier au Second Empire

- En 1789, la Révolution française abolit la monarchie absolue et proclame la République. Mais le coup d'État de Napoléon Bonaparte met en place le Consulat (1799-1804) puis le Premier Empire (1804-1814).

- La chute du Premier Empire, après les défaites militaires de Napoléon, provoque le rétablissement de la monarchie : c'est la Restauration (1814-1830), puis la monarchie de Juillet (1830-1848). Le régime est à nouveau renversé par une révolution en 1848, qui aboutit à la proclamation de la brève Deuxième République (1848-1851).

- Cependant, à la suite du coup d'État qu'il a mené le 2 décembre 1851, Louis Napoléon Bonaparte, dit Napoléon III, neveu de Napoléon Ier, se fait proclamer empereur le 2 décembre 1852. À partir de cette date, la France vit sous le régime du Second Empire (1852-1870).

2 De l'empire autoritaire à l'empire libéral

- Durant la première décennie du Second Empire, Napoléon III met en place un régime autoritaire et exerce un pouvoir personnel. La police est très présente, la presse soigneusement contrôlée. La France entre cependant dans la révolution industrielle, à la grandc satisfaction de la bourgeoisie, mais aux dépens du monde ouvrier, de plus en plus mécontent de sa misère.

- À partir de 1860, sentant que le soutien de la population commence à décliner, Napoléon III fait évoluer le Second Empire vers un régime libéral : le droit de grève est légalisé, une certaine liberté de la presse est accordée. Le régime devient de plus en plus parlementaire : ce n'est plus l'empereur qui décide des lois, mais le Corps législatif, ancêtre de l'actuelle Assemblée nationale.

> **À NOTER**
> Au fil des vingt romans qui constituent *Les Rougon-Macquart* (1871-1893), Émile Zola dresse un portrait très négatif du Second Empire. La **situation des ouvriers** est évoquée dans ***Germinal***.

II La guerre franco-prussienne

1 La défaite et la fin du Second Empire

■ La guerre entre la France et la Prusse commence le 19 juillet 1870. La France est isolée diplomatiquement, à la suite de nombreuses maladresses de Napoléon III, et son armée n'est pas à la hauteur de l'armée prussienne. La défaite de Sedan, le 2 septembre 1870, signe la victoire de la Prusse menée par Bismarck et marque la fin du Second Empire.

À NOTER
La nouvelle ***Boule de Suif*** (1880) de Maupassant se situe durant l'hiver 1870-1871, entre la défaite de Sedan et le traité de Francfort. L'armée est en déroute et les Prussiens assiègent la France.

■ Le 4 septembre 1870, la Troisième République est proclamée. En janvier 1871, un armistice est conclu et, en mai 1871, le traité de Francfort rétablissant la paix est signé. La France perd l'Alsace-Lorraine, et l'Allemagne, qui était jusque-là une mosaïque de territoires indépendants, s'unifie en intégrant la Prusse.

2 Les suites de la défaite : la Commune

■ Par suite de la défaite, Paris se retrouve assiégé par l'armée prussienne pendant quatre mois, du 19 septembre 1870 au 28 janvier 1871, et subit le froid, la faim et les bombardements. Le peuple parisien condamne cependant l'armistice. Les résultats de l'élection, le 8 février, de l'Assemblée nationale montrent que la capitale est révolutionnaire et pour la guerre, tandis que la province est monarchiste et pour la paix.

■ Le 26 mars 1871, les Parisiens élisent leur conseil municipal : une « Commune » révolutionnaire, dont l'emblème est un drapeau rouge. Du 21 au 28 mai a lieu la « semaine sanglante » : le gouvernement installé à Versailles réprime très violemment la Commune, on compte 25 000 exécutions sommaires.

zoOm

Rimbaud et la Commune

On ne sait pas exactement si Rimbaud a participé à la Commune, mais il adhérait à ce mouvement révolutionnaire, qui l'a amené à dépasser l'antimilitarisme exprimé par exemple dans « Le Dormeur du val ». Verlaine affirme cependant que certains des poèmes de Rimbaud font directement écho à la semaine sanglante, par exemple « L'Orgie parisienne ou Paris se repeuple » (1871).

La Prise de Paris, mai 1871.

3 Quel est le contexte littéraire ?

La littérature de la première moitié du XIXe siècle était dominée, comme tous les autres arts, par le romantisme. La littérature de la seconde moitié du XIXe siècle s'oriente, elle, dans deux voies différentes. La poésie se tourne vers la modernité en s'affirmant en tant que travail sur le langage, tandis que le roman confirme sa vocation à représenter la réalité.

I La poésie tournée vers la modernité

1) La poésie et le mouvement romantique

■ La **poésie romantique** se caractérise d'abord par son **lyrisme**, en exprimant des états d'âme universels comme Lamartine dans les *Méditations poétiques* (1820), ou en rêvant d'un ailleurs à la manière de Victor Hugo dans les *Orientales* (1829).

■ Le romantisme concerne aussi le **roman**, par exemple *Le Rouge et le Noir* (1830) de Stendhal, ou le **théâtre**, avec *Hernani* (1830 également) de Victor Hugo.

■ Le romantisme se manifeste dans les autres arts, que ce soit la **peinture** (*La Liberté guidant le peuple* de Delacroix, en 1830) ou la **musique** (les *Nocturnes* de Chopin, entre 1827 et 1846).

2) Le Parnasse

■ Le Parnasse est d'abord un **mouvement antiromantique**. Les romantiques avaient fini par considérer que le poète devait guider l'humanité vers le progrès. Le Parnasse proclame que **la poésie ne doit pas être utile** et se donne pour mot d'ordre **« l'art pour l'art »**.

■ Le Parnasse regroupe des poètes cultivant le **souci de la perfection formelle**. Leurs poèmes figurent dans trois recueils intitulés *Le Parnasse contemporain*, publiés en 1866, 1871 et 1876. Les poètes les plus représentatifs en sont Leconte de Lisle, Théodore de Banville et Théophile Gautier.

> **CITATION**
> **Théophile Gautier** écrit, dans la préface à son roman *Mademoiselle de Maupin* (1835) : « Il n'y a de vraiment beau que ce qui ne peut servir à rien ; tout ce qui est utile est laid […]. »

3) Du Parnasse à la modernité

■ De nombreux poètes, comme Rimbaud, ont été influencés par le Parnasse. **Baudelaire** dédie ainsi *Les Fleurs du mal* (1857) à Théophile Gautier, **Verlaine** reprend les formes et les thèmes parnassiens dans *Poèmes saturniens* (1866), et **Mallarmé** publie une dizaine de textes dans le premier *Parnasse contemporain*.

■ Mais tous se détachent rapidement de cette vision de la poésie au profit d'une conception moderne : l'**exploration de nouvelles façons d'utiliser le langage**.

II Le roman tourné vers la réalité

1 L'avènement du naturalisme

■ Émile Zola, qui s'était fait remarquer en publiant en 1867 *Thérèse Raquin*, commence en 1871 le cycle des Rougon-Macquart avec un premier volume, *La Fortune des Rougon*. Ces parutions marquent le début du mouvement naturaliste.

■ Le projet de l'école naturaliste est lié à l'essor des sciences au XIXe siècle. Zola revendique d'écrire des romans fondés sur une méthode permettant d'observer scientifiquement la réalité et de la représenter de façon exacte, en particulier grâce à la peinture des bas-fonds, révélation des dessous de la société.

2 Le déclin du naturalisme

■ En 1878, Zola réunit chez lui, à Médan, les représentants du naturalisme, dont Maupassant et Huysmans. Il en résulte un recueil de nouvelles intitulé *Soirées de Médan* (1880).

■ Cependant, des oppositions au sein du groupe se manifestent très vite, notamment lors de la parution du roman *À rebours* (1884) de Huysmans, qui annonce l'émergence du mouvement décadent (→ **zoom**).

CITATION

Selon **Émile Zola**, le roman doit « montrer les rouages des manifestations intellectuelles et sensuelles telles que la physiologie nous les expliquera, sous les influences de l'hérédité et des circonstances ambiantes ». (*Le Roman expérimental*, 1880.)

zoOm

Rimbaud symboliste et décadent ?

Deux mouvements des années 1880-1890 considèrent Rimbaud comme leur précurseur : le mouvement décadent, ou esprit fin-de-siècle, qui mêle humour et désespoir, et le symbolisme, qui prône une poésie se contentant de suggérer des sensations. C'est surtout dans le sonnet « Voyelles », écrit en 1871, publié en 1883, et qui a inspiré cette caricature de 1888, que les symbolistes se sont reconnus.

Couverture du numéro 318 de la revue *Les Hommes d'aujourd'hui* (1888).

MÉMO VISUEL

Le contexte historique est marqué par…

- la fin du **Second Empire**
- la fin de la **guerre franco-prussienne**
- le début de la **Commune de Paris**

XIXe siècle

1852 - 1870 Second Empire

IIIe République

1850 — 1860 — 1870

1860
Passage du régime autoritaire au régime libéral

19 juill. 1870
Début de la guerre franco-prussienne

2 sept. 1870
Défaite de Sedan

janv. 1871
Armistice entre la France et l'Allemagne

mars-mai 1871
Commune de Paris

Les *Cahiers*

L'auteur : Rimbaud…

- a voulu, à seize ans, faire publier ses poèmes des *Cahiers de Douai*
- a abandonné la poésie à l'âge de vingt ans
- a révolutionné la poésie avec *Une saison en enfer* et *Illuminations*

Le contexte culturel est marqué par…

- la fin de la domination du **romantisme**
- l'influence du **Parnasse** sur de nombreux poètes
- l'apparition du **naturalisme**

XIXe siècle

1820 – 1830 – 1840 – 1850 – 1860 – 1870

- **1820** *Méditations poétiques*, Lamartine
- **1835** *Mademoiselle de Maupin*, Gautier
- **1857** *Les Fleurs du mal*, Baudelaire
- **1866** Premier tome du *Parnasse contemporain* ; *Poèmes saturniens*, Verlaine
- **1871** *La Fortune des Rougon*, Zola

de Douai

XIXe siècle

1850 – 1860 – 1870 – 1880 – 1890

- **1854** Naissance de Rimbaud
- **sept.-oct. 1870** Remise à Paul Demeny des poèmes des *Cahiers de Douai*
- **mai 1871** Lettres du voyant à Georges Izambard et Paul Demeny
- **oct. 1873** Publication d'*Une saison en enfer*
- **1886** Publication des *Illuminations*
- **1891** Mort de Rimbaud

SE TESTER QUIZ

Vérifiez que vous avez bien compris les points-clés des **fiches 1 à 3**.

1 Qui est Rimbaud ?

→ FICHE 1

1. Lequel de ces recueils a été publié de manière entièrement contrôlée par Rimbaud ?

❑ **a.** Les *Cahiers de Douai.* ❑ **b.** *Une saison en enfer.* ❑ **c.** *Illuminations.*

2. Duquel de ces groupes Rimbaud est-il exclu pour sa tendance à la provocation et au sarcasme ?

❑ **a.** Le Cercle des poètes zutiques.

❑ **b.** Les Parnassiens.

❑ **c.** Les Vilains Bonshommes.

2 Quel est le contexte historique ?

→ FICHE 2

Vrai ou faux ?	Vrai	Faux
a. Le Second Empire fait suite à une révolution.	❑	❑
b. La chute du régime est due à la guerre.	❑	❑
c. La Commune de Paris réclame la paix.	❑	❑

3 Quel est le contexte littéraire ?

→ FICHE 3

1. Quel Parnassien a dit : « tout ce qui est utile est laid » ?

❑ **a.** Théodore de Banville ❑ **b.** Leconte de Lisle ❑ **c.** Théophile Gautier

2. Rimbaud a été considéré comme un précurseur :

❑ **a.** du romantisme. ❑ **b.** du naturalisme. ❑ **c.** du symbolisme.

S'ENTRAÎNER

4 Mener une recherche documentaire

Renseignez-vous sur Charleville-Mézières, la ville où Rimbaud est né et a vécu.

1. Quels sont les endroits que Rimbaud a principalement fréquentés ?

2. Quels lieux consacrés à Rimbaud peut-on aujourd'hui visiter à Charleville ?

3. Comment la ville célèbre-t-elle aujourd'hui le poète dans le paysage urbain ?

CONSEIL
Vous pouvez chercher sur le site de la ville. N'hésitez pas à télécharger le dépliant contenant de précieuses informations.

5 Enrichir sa culture artistique

Expliquez pourquoi *Olympia* de Manet a fait scandale au Salon de 1865.

Édouard Manet, *Olympia* (1863).

1. La représentation du corps de la femme allongée est :

☐ **a.** réaliste. ☐ **b.** idéalisée. ☐ **c.** impressionniste.

2. Observez le jeu des couleurs : quel effet produit-il ?

3. D'après vous, qui sont ces deux femmes ? Pourquoi est-ce choquant à l'époque ?

CORRIGÉS

SE TESTER QUIZ

Vérifiez que vous avez bien compris les points-clés des fiches 1 à 3.

1 Qui est Rimbaud ?

→ FICHE 1

À NOTER

Étienne Carjat (1828-1906), photographe, membre des Vilains Bonshommes, est l'auteur du cliché de Rimbaud à dix-sept ans qui constitue le portrait le plus célèbre du poète (→ **fiche Profil**).

1. Réponse b. Les *Cahiers de Douai* sont un ensemble de poèmes confiés en 1870 par Rimbaud à Paul Demeny en vue d'une publication en recueil, mais cette démarche ne donnera pas de résultats. Les *Illuminations* sont un manuscrit que Rimbaud a abandonné, et qui fut publié en 1886, sans même qu'on lui demande son avis. Seul *Une saison en enfer* est publié en recueil en 1873, par une petite maison bruxelloise, sous le contrôle de Rimbaud, qui se contente d'en offrir quelques exemplaires à ses amis. • 2. Réponse c. Rimbaud a été introduit aux dîners des Vilains Bonshommes par Verlaine. Le 2 mars 1872, alors qu'il ne cesse d'interrompre bruyamment les déclamations d'un poète, il se fait jeter dehors, non sans avoir préalablement assené un coup de canne-épée à Étienne Carjat qui l'avait insulté. Il est exclu et ne reviendra plus aux dîners.

2 Quel est le contexte historique ?

→ FICHE 2

a. Faux. Le coup d'État de Louis Napoléon Bonaparte (2 décembre 1851) est à l'origine du régime. • b. Vrai. La défaite du 2 septembre 1870 à Sedan, face à la Prusse dirigée par Bismarck, aboutit à la chute rapide du régime. • c. Faux. La Commune de Paris souhaite la poursuite de la guerre et désapprouve l'armistice de janvier 1871.

3 Quel est le contexte littéraire ?

→ FICHE 3

1. Réponse c. C'est Théophile Gautier, dans la préface de son roman *Mademoiselle de Maupin* (1835). Il ajoute : « car c'est l'expression de quelque besoin, et ceux de l'homme sont ignobles et dégoûtants, comme sa pauvre et infirme nature ». • 2. Réponse c. Rimbaud n'a pu être précurseur ni du romantisme, mouvement qui l'a précédé, ni du naturalisme, dont les premières œuvres apparaissent alors qu'il est un enfant. Le mouvement symboliste, en revanche, connaît son apogée dans les années 1880-1890 ; or, en 1886, *Une saison en enfer* est republié dans une édition moins confidentielle, et les *Illuminations* paraissent pour la première fois.

S'ENTRAÎNER

4 Mener une recherche documentaire

1. Sur le plan mis à disposition par le site de Charleville-Mézières, on repère la maison natale de Rimbaud (aujourd'hui 12, rue Pierre-Bérégovoy), le collège qu'il a fréquenté (place Jacques-Félix), ainsi que la maison où il a vécu entre quinze et vingt et un ans (7, quai Arthur-Rimbaud). • 2. Il existe aujourd'hui un musée Rimbaud. On peut également visiter la maison des Ailleurs, où Rimbaud a vraisemblablement écrit certains poèmes des *Cahiers de Douai*. On peut aussi se recueillir sur sa tombe. • 3. Outre le buste de Rimbaud (inauguré en 1901), la ville a lancé un projet de fresques murales pour illustrer les plus célèbres poèmes de Rimbaud : « Voyelles » en 2015, « Ma Bohême », « Le Dormeur du val », « Le Bateau ivre » en 2018.

5 Enrichir sa culture artistique

1. Réponse a. Si l'œuvre a fait scandale, c'est d'abord en raison du caractère réaliste de la représentation du corps féminin. Manet s'inspire de la tradition du nu artistique mais en renonçant à toute idéalisation. Un tel réalisme ne correspond pas non plus à l'impressionnisme, qui privilégie la vision subjective, les atmosphères fugaces. • 2. Le tableau repose sur une opposition entre les tons sombres et les tons clairs, mettant en valeur le corps d'Olympia qui baigne dans une lumière crue. Manet utilise la technique de l'aplat, consistant à peindre une surface de manière uniforme, ici pour renforcer les contrastes. • 3. Olympia étendue sur son lit et recevant des fleurs a été immédiatement perçue à son époque comme la représentation d'une prostituée. Ce sujet a scandalisé le public bourgeois.

À NOTER

En 1863, Napoléon III crée le **Salon des refusés** pour exposer les toiles – en majorité réalistes – que le jury n'avait pas retenues pour le Salon. On y trouve notamment *Le Déjeuner sur l'herbe* d'Édouard Manet. Y exposent aussi des peintres qui représenteront dans les années 1870 l'**impressionnisme**, du nom de la toile de Claude Monet, *Impression, soleil levant* (1872).

2 Définir les principales **caractéristiques** du recueil

4 Des poèmes de la révolte

Les poèmes des Cahiers de Douai *sont, dans leur majorité, marqués par un esprit de révolte farouche contre la société, la famille bourgeoise, le régime impérial et la religion chrétienne.*
La poésie du jeune Rimbaud se caractérise par sa pensée subversive, c'est-à-dire profondément hostile à l'ordre établi.

I La contestation de l'ordre social

1) La figure de l'adolescent révolté

■ L'adolescence est traditionnellement associée à la rébellion contre toutes les institutions du monde adulte. **Rimbaud se met volontiers en scène sous la figure d'un adolescent** : « On n'est pas sérieux, quand on a dix-sept ans » est ainsi le premier et l'avant-dernier vers du poème « Roman ».

■ En réalité, quand il écrit les *Cahiers de Douai*, Rimbaud a plutôt quinze ou seize ans : « dix-sept » est donc un **nombre davantage symbolique que biographique**.

2) La caricature des bourgeois

■ « À la musique », évocation d'un concert donné par un régiment à Charleville en 1870, est une **satire féroce de la société bourgeoise étriquée**, constituée des notaires, rentiers et retraités locaux auxquels s'oppose le poète, « débraillé comme un étudiant ».

■ On retrouve d'autres **figures de petits-bourgeois**, par exemple dans « Les Reparties de Nina », où la jeune femme, en réponse à un discours amoureux, ne trouve rien à dire que son inquiétude pour son compagnon ou mari employé de bureau.

> **MOT-CLÉ**
> Le mot **« bureau »** à la fin des « Reparties de Nina » ou au vers 10 d'« À la musique » (« Les gros bureaux bouffis traînent leurs grosses dames ») ne désigne ni la pièce ni le meuble, mais un employé de bureau.

3) L'inspiration anticléricale

■ Rimbaud fustige la **haine du corps et de la sensualité dans la religion chrétienne**, à laquelle il oppose cet éloge dans « Soleil et chair » : « Ô splendeur de la chair ! ô splendeur idéale ! » « Le Châtiment de Tartufe » de même reprend le personnage de Molière. Le dernier vers « – Peuh ! Tartufe était nu du haut jusques en bas ! » montre que la **hantise de la nudité** devient le châtiment du dévot humilié.

■ L'Église est aussi critiquée comme **soutien du pouvoir politique**. Elle est ainsi accusée dans « Le Mal » de profiter de la guerre : alors qu'elle se vautre dans le luxe des « nappes damassées » et des « grands calices d'or » (v. 9-10), elle récolte l'argent des mères espérant protéger les maris et fils partis au combat (v. 14).

II La mise en accusation du pouvoir politique

1 La haine du régime impérial

■ Napoléon III est, au long du recueil, la cible d'attaques virulentes. L'empereur apparaît ainsi « sur son dada », expression burlesque qui lui retire tout prestige, dans « L'Éclatante Victoire de Sarrebrück » (v. 2). On retrouve l'empereur dans « Rages de Césars » où le tyran déchu et malade, en captivité après la capitulation de Sedan, regrette sa vie de débauche sans s'intéresser à la défaite de la France face à la Prusse.

■ Dans « Le Châtiment de Tartufe », on retrouve le nom de Jules César en acrostiche, ce qui laisse entendre que Tartuffe est une représentation de Napoléon III, et que le mot « châtiment » dans le titre du poème fait référence au recueil de poèmes satiriques de Victor Hugo *Les Châtiments* (1853). L'empereur est, ici encore, ridiculisé.

MOT-CLÉ
Un **acrostiche** est un poème dont l'ensemble des premières lettres de chaque vers, lu verticalement, constitue un nom ou une phrase. Dans « Le Châtiment de Tartufe », on lit « JULES CES » en acrostiche des vers 4 à 11, complété par les initiales du poète, « A » et « R », en fin de poème.

2 Pacifisme et antimilitarisme

■ « Le Dormeur du Val » propose un saisissant tableau aux accents pacifistes. Dans le même esprit, « Le Mal » dénonce le pouvoir politique qui manipule le peuple, le considérant comme de la simple chair à canon.

■ Rimbaud fustige aussi la propagande. « L'Eclatante Victoire de Sarrebrück » raille la propagande bonapartiste, qui présente une bataille le 2 août 1870 comme un triomphe. Dans « Morts de Quatre-vingt-douze... », il répond à un article bonapartiste appelant les républicains à l'unité politique, et ajoute à la fin de son poème « Fait à Mazas, 3 septembre 1870 ». Le poète fut emprisonné, lors de sa fugue d'août 1870, dans cette prison qui détenait les républicains sous l'Empire.

zoOm

Les poètes maudits

L'expression « poète maudit » est inventée par Verlaine, dans *Les Poètes maudits* (1884, édition augmentée en 1888). Cet ouvrage proposait des portraits et des œuvres, en particulier de Tristan Corbière, Arthur Rimbaud, Stéphane Mallarmé et Pauvre Lelian (anagramme de Paul Verlaine). L'expression est devenue un lieu commun pour désigner d'autres poètes, dont Baudelaire.

Gustave Courbet, *Portrait de Charles Baudelaire* (1848).

5 La liberté de ton

Les Cahiers de Douai *frappent par leur liberté de ton : on y trouve une poésie qui ne craint pas d'enfreindre les interdits en évoquant des sujets tabous, ou de faire preuve d'irrévérence envers des choses considérées comme sacrées.*

I Un lyrisme sensuel

1) L'éloge du corps et de la nature

Les deux premiers poèmes du recueil sont consacrés à l'évocation libre des amours naissantes, débordantes de désir.

- Dans « Première soirée », le poète dépose trois baisers, sur les chevilles, puis sur les yeux, et enfin sur le sein d'une jeune fille, avec un *crescendo* dans l'érotisme.
- Dans « Sensation », ce sont le contact sensuel avec la nature et le bonheur d'être au monde qui prédominent.

MOT-CLÉ
La **sensualité** désigne le caractère d'une personne qui recherche le plaisir par les sens, notamment l'odorat (le parfum), le goût (la nourriture) ou le toucher (la douceur de la peau, par exemple).

2) La place du désir féminin

Rimbaud écrit sans craindre le jugement auquel se heurte le désir féminin dans la société de l'époque. Plusieurs figures expriment leur désir de façon pleine et entière.

- Dans « Au Cabaret-Vert », le poète commande « des tartines de beurre, du jambon tiède », servis par une « fille aux tétons énormes », incarnant une sexualité joyeuse et fière, qui tend à la grivoiserie. Elle est ici associée au plaisir simple et naturel de la nourriture.
- Dans « La Maline » également, le plaisir de manger à sa faim est bientôt suivi de celui de contempler une servante aguicheuse, qui, en écho à « Rêvé pour l'hiver », invente un prétexte pour inviter le jeune homme à lui donner un baiser.

3) L'opposition entre désir amoureux et conformisme bourgeois

- Régulièrement, Rimbaud oppose à la médiocrité et au conformisme des bourgeois le sentiment de liberté, le désir amoureux et sensuel des jeunes gens, par exemple dans « À la musique » : « Et je sens les baisers qui me viennent aux lèvres… » (dernier vers).
- On retrouve, dans « Roman », l'opposition entre l'amoureux et le bourgeois. Le jeune homme, après s'être enivré dans les « cafés tapageurs », goûte à la douceur d'un soir de juin, s'abandonnant à la montée du désir (v. 14-16). À cette figure s'oppose la vision d'une « demoiselle » accompagnée d'un père bourgeois, portant un « faux-col ». Le jeune homme retournera quelques mois plus tard aux « cafés éclatants ».

II Une moquerie irrévérencieuse

1 Une poésie sarcastique

■ Le sarcasme, moquerie cinglante et cruelle, se manifeste par une rhétorique virulente, par exemple dans « Le Forgeron », avec la caricature de Louis XVI en « bon roi, debout sur son ventre » (v. 8) et l'évocation des hommes politiques, ces « doux représentants » qui trouvent le peuple « crasseux » (v. 94).

■ Cette verve satirique peut jouer avec les sons : « À la musique » peint ainsi les grotesques « bourgeois poussifs » (v. 3) et les « gros bureaux bouffis » (v. 10).

2 L'imitation parodique

MOT-CLÉ
L'**écriture burlesque** est fondée sur le contraste entre le prestige des personnages évoqués et le caractère trivial ou enfantin des termes employés.

■ Rimbaud pratique souvent la parodie, le détournement d'un genre ou d'un style dans un but satirique. « L'Éclatante Victoire de Sarrebrück » est ainsi une parodie burlesque où Napoléon III « s'en va, raide, sur son dada [...] / Féroce comme Zeus et doux comme un papa » (v. 2-4).

■ « Bal des pendus » parodie la « Ballade des pendus » de François Villon (1431-apr. 1463). Le spectacle d'une bande de pendus dansant donne au poème une tonalité fantastique, voire satanique, proche de celle de Baudelaire. Ce texte marqué par un humour macabre prend des libertés avec le tabou de rire de la mort.

■ La parodie peut concerner la peinture : « Venus Anadyomène » reprend l'image célèbre de Vénus sortant des eaux, que l'on trouve par exemple dans le tableau de Botticelli *La Naissance de Vénus* (vers 1485). Mais Vénus est ici une vieille prostituée atteinte de syphilis (selon la présence du tatouage et de la mention finale provocatrice de l'« ulcère à l'anus ») sortant de sa baignoire.

zoOm

L'*Album zutique*

Le Cercle des poètes zutiques (au nom issu de l'interjection « zut ! »), dont Rimbaud et Verlaine sont membres, est un groupe d'artistes provocateurs qui ridiculisait notamment les Parnassiens. Il se réunit à Paris à la fin du XIXe siècle. L'*Album zutique* (1871) que, dont on voit ici la page de titre d'Antoine Cros, contient de féroces parodies des poèmes parnassiens.

6 Tradition et renouvellement des formes

Rimbaud renouvelle profondément les formes poétiques dans ses recueils Une saison en enfer *(1873) et* Illuminations *(écrit entre 1872 et 1875), constitués de fragments en prose. Par comparaison, les* Cahiers de Douai *paraissent très conventionnels. Pourtant, Rimbaud y renouvelle déjà les formes héritées de la tradition.*

I Le respect de la tradition

1 La forme des poèmes

- Douze poèmes sur vingt-deux sont des sonnets. On en dénombre cinq dans le premier cahier : « Le Châtiment de Tartufe », « Venus Anadyomène », « Morts de Quatre-vingt-douze... », « Le Mal », « Rages de Césars ». Les sept poèmes du second cahier sont tous des sonnets.
- Les autres poèmes sont généralement des suites de quatrains à rimes croisées : « Première soirée », « Sensation », « Ophélie », « Bal des pendus », « Les Reparties de Nina », « À la musique » (sauf dans la première strophe, aux rimes embrassées) et « Roman ».

MOT-CLÉ
Le **sonnet** est une **forme fixe** composée de deux quatrains (strophes de quatre vers) et deux tercets (strophes de trois vers), avec souvent une opposition de thème entre quatrains et tercets.

- Deux poèmes ont une forme plus inhabituelle : « Le Forgeron » et « Soleil et chair », qui se présentent comme une suite d'alexandrins à rimes suivies.
- Enfin, « Les Effarés » présente la forme particulière d'une série de douze tercets.

2 L'omniprésence de l'alexandrin

- Dix-sept des vingt-deux poèmes des *Cahiers de Douai* sont en alexandrins (vers de douze syllabes). Ce vers classique par excellence est celui des tragédies de Corneille et Racine au XVIIe siècle et des poètes romantiques (Lamartine, Hugo...) au XIXe siècle.
- Cinq poèmes recourent à d'autres vers répertoriés par la tradition. « Première soirée » est entièrement en octosyllabes (vers de huit syllabes). « Bal des pendus » est une suite de quatrains d'alexandrins avec une même strophe en octosyllabes au début et à la fin.
- Trois poèmes mêlent des vers de longueur différente. « Les Reparties de Nina » est une suite de quatrains alternant octosyllabes et tétrasyllabes (vers de quatre syllabes). Les tercets des « Effarés » comprennent deux octosyllabes suivis d'un tétrasyllabe. « Rêvé pour l'hiver » alterne alexandrins et hexasyllabes (vers de six syllabes).

II Le renouvellement des formes

1 Les sonnets irréguliers

Mais Rimbaud ne respecte pas toujours entièrement les règles du sonnet, une des formes les plus strictes de la poésie.

- Tous les sonnets des *Cahiers de Douai* sont irréguliers sur le plan des rimes. Dans « Venus Anadyomène », on observe ainsi la présence de quatre rimes dans les quatrains : en *-ête*, *-dés*, *-plates* et *-sor(t)*.
- Le poète joue aussi avec les frontières de la strophe, qu'il rend moins nettes. Dans un sonnet classique, les quatrains et les tercets doivent être nettement séparés. Dans « Ma Bohême », la phrase commencée au dernier vers du second quatrain se prolonge jusqu'à la fin du poème, créant un enchaînement inhabituel entre le second quatrain et le premier tercet : « – Mes étoiles au ciel avaient un doux frou-frou / Et je les écoutais, assis au bord des routes » (v. 8-9).
- Ces innovations formelles traduisent, dans le langage même, le désir de liberté et d'abolition des carcans qu'exprime intensément la poésie de Rimbaud.

MOT-CLÉ
On appelle **sonnet libertin** un sonnet qui utilise trois ou quatre rimes, contrairement au sonnet traditionnel dont les quatrains n'emploient que deux rimes.

2 La déstructuration du vers

- Rimbaud tend également à déstructurer l'alexandrin en refusant notamment la césure à l'hémistiche, qui partage le vers en deux ensembles de six syllabes.
- Par exemple, dans « Le Forgeron », le discours du personnage se conclut par « Eh bien, n'est-ce pas, vous tous ? Merde à ces chiens-là ! » (v. 171), avec un schéma 2-3-2-5 où l'on ne reconnaît guère l'alexandrin classique. Le forgeron, qui incarne ici le discours du peuple révolté, montre ainsi son violent refus des lois politiques et poétiques.

zoOm
La révolution des formes selon Hugo

Victor Hugo (1802-1885), chef de file du romantisme, avait commencé à renouveler les formes poétiques, notamment en cassant le rythme de l'alexandrin. Dans « Réponse à un acte d'accusation » (*Les Contemplations*, 1856), il compare ce renouvellement des formes à une révolution, associant le poétique et le politique : « Et sur les bataillons d'alexandrins carrés, / Je fis souffler un vent révolutionnaire. / Je mis un bonnet rouge au vieux dictionnaire. »

Aimé Morot, *Portrait de Victor Hugo* (1885).

7 Une autre conception de la poésie

Rimbaud invente une conception novatrice de la poésie dans les célèbres lettres du voyant. Celles-ci, datées de mai 1871, sont postérieures aux poèmes des Cahiers de Douai, *remis à Demeny en septembre et octobre 1870 (→* **fiche 1***). On décèle toutefois dans ces premiers poèmes les germes de cette nouvelle approche poétique.*

I Des perceptions sensorielles exacerbées

1 Le « *dérèglement* de *tous les sens* »

- Rimbaud explique, dans la première lettre du voyant (→ **fiche 1**), que le poète doit « arriver à l'inconnu par le dérèglement de *tous les sens* ». Il précise dans la seconde lettre (15 mai), qu'il doit s'agir d'un « long, immense et raisonné *dérèglement* de *tous les sens* ».
- Les perceptions sensorielles sont déjà présentes dans les poèmes lyriques évoquant les sensations intenses du corps adolescent, sa fusion sensuelle avec la nature.
- Ainsi, « Sensation » est a priori un poème parnassien. Mais on y trouve la célébration de la liberté et celle de l'ouverture à l'inconnu que permettent les « soirs bleus d'été », la « fraîcheur » de l'herbe, le vent qui vient « baigner » la « tête nue » du poète.

2 La poésie « résumant tout »

- Dans la seconde lettre du voyant, Rimbaud écrit que la poésie doit englober la totalité du réel : c'est une langue « résumant tout, parfums, sons, couleurs ».
- Cette conception de la poésie se retrouve par exemple dans « Au Cabaret-Vert » :

> « Du jambon rose et blanc parfumé d'une gousse
> D'ail, – et m'emplit la chope immense, avec sa mousse
> Que dorait un rayon de soleil arriéré. » (v. 12-14)

Le tableau, qui rappelle les natures mortes en peinture, sollicite aussi bien la vue (couleurs et lumière) que l'odorat (parfum de l'aïl) et le goût, créant un effet de synesthésie. Même l'ouïe est sollicitée, avec notamment l'allitération en [R] du dernier vers.

MOT-CLÉ
On appelle **synesthésie** l'entremêlement de sensations. Baudelaire en expose le principe dans son poème « Correspondances » (*Les Fleurs du mal*, 1857) : « Les parfums, les couleurs et les sons se répondent. »

II Un refus des conventions poétiques et morales

1 « Trouver une langue »

- Les lettres du voyant prônent la liberté poétique : « demandons aux *poètes* du *nouveau* » (lettre du 15 mai). Rimbaud reproche même à Baudelaire, qu'il nomme pourtant « le premier voyant, roi des poètes, *un vrai Dieu* », d'être encore trop académique. Il convient en effet de « trouver une langue », dit la même lettre, qui se moque des académiciens et de leur dictionnaire.

■ Rimbaud introduit donc dans ses poèmes des termes concrets inhabituels en poésie, par exemple la « bedaine » des bourgeois (« À la musique »), le provocateur « anus » qui conclut « Venus Anadyomène ». Il utilise également le verbe « épeurer », propre au patois des Ardennes (« Au Cabaret-Vert ») ou forge un néologisme, le verbe « robinsonner » (« Roman »).

■ Rimbaud joue également avec la polysémie. Dans le vers « Mon paletot aussi devenait idéal » (« Ma Bohême »), le mot « idéal » permet de se moquer d'une poésie qui se réfugie dans les grandes « idées » ; mais il signifie aussi que le vêtement est tellement usé qu'il est presque inexistant.

MOT-CLÉ

La **polysémie** désigne le fait qu'un même terme possède plusieurs sens. La poésie exploite très souvent cette propriété pour jouer avec les significations multiples d'un mot.

2 Le poète comme « crapule »

■ Dans la lettre du voyant du 13 mai, il est également question de se libérer de la morale traditionnelle : « Maintenant, je m'encrapule le plus possible. Pourquoi ? Je veux être poète, et je travaille à me rendre *voyant*. » La satire contre les bourgeois dans les *Cahiers de Douai* annonce cette idée : le poète doit aller le plus loin possible dans le refus des normes morales pour tout expérimenter.

■ L'imaginaire de la débauche, du vice apparaît dès ce recueil : le poète est présenté comme un jeune homme pauvre, « débraillé comme un étudiant » (« À la musique »), un vagabond aux « poches crevés », au « paletot » usé, à la « culotte » trouée (« Ma Bohême »), un habitué des « cafés éclatants » (« Roman ») et des prostituées (« Venus Anadyomène »).

zoOm

Un peintre en rupture de ban : Toulouse-Lautrec

Contemporain de Rimbaud, le peintre Henri de Toulouse-Lautrec (1864-1901) mène lui aussi une vie marginale. Vivant parmi les artistes et les prostituées de Montmartre, buveur d'absinthe, il restera toujours hostile au conformisme bourgeois. Il est célèbre pour ses portraits du chansonnier Aristide Bruant, de la chanteuse Yvette Guilbert ou de la danseuse la Goulue.

Henri de Toulouse-Lautrec, affiche « La Goulue » (1891) pour le cabaret parisien le Moulin-Rouge fondé en 1889.

MÉMO VISUEL

La méthode pour bien citer

- Une citation illustre un **argument**.
  → Elle doit être exacte et encadrée de guillemets.
- Une citation s'inscrit dans un **contexte**.
  → Précisez le thème et la structure d'ensemble du poème.
- Une citation seule ne suffit pas.
  → Il faut l'accompagner d'un **commentaire**.

9 CITATIONS-CLÉS POUR LA DISSERTATION

La bourgeoisie et le catholicisme

« Un jour qu'il s'en allait, effroyablement doux,
Jaune, bavant la foi de sa bouche édentée… »

■ « Le Châtiment de Tartufe ».

« Sur la place taillée en mesquines pelouses,
Square où tout est correct, les arbres et les fleurs,
Tous les bourgeois poussifs qu'étranglent les chaleurs
Portent, les jeudis soirs, leurs bêtises jalouses. »

■ « À la musique ».

« – Il est un Dieu, qui rit aux nappes damassées
Des autels, à l'encens, aux grands calices d'or ;
Qui dans le bercement des hosannah s'endort,

Et se réveille, quand des mères, ramassées
Dans l'angoisse, et pleurant sous leur vieux bonnet noir,
Lui donnent un gros sou lié dans leur mouchoir ! »

■ « Le Mal ».

Vagabondage dans la nature

« Et j'irai loin, bien loin, comme un bohémien,
Par la Nature, – heureux comme avec une femme. »

« Sensation ».

« *Lui* – Ta poitrine sur ma poitrine,
Hein ? nous irions,
Ayant de l'air plein la narine,
Aux frais rayons

Du bon matin bleu, qui vous baigne
Du vin de jour ?... »

« Les Reparties de Nina ».

« – Petit-Poucet rêveur, j'égrenais dans ma course
Des rimes. Mon auberge était à la Grande-Ourse... »

« Ma Bohême ».

Le régime impérial et la guerre

« Car l'Empereur est soûl de ses vingt ans d'orgie !
Il s'était dit : "Je vais souffler la Liberté
Bien délicatement, ainsi qu'une bougie !"
La Liberté revit ! Il se sent éreinté ! »

« Rages de Césars ».

« Les parfums ne font pas frissonner sa narine ;
Il dort dans le soleil, la main sur sa poitrine
Tranquille. Il a deux trous rouges au côté droit. »

« Le Dormeur du val ».

« Au milieu, l'Empereur, dans une apothéose
Bleue et jaune, s'en va, raide, sur son dada
Flamboyant ; très heureux, – car il voit tout en rose,
Féroce comme Zeus et doux comme un papa ; »

« L'Éclatante Victoire de Sarrebrück ».

SE TESTER QUIZ

Vérifiez que vous avez bien compris les points-clés des **fiches 4 à 7**.

1 Des poèmes de la révolte

→ FICHE 4

1. Quel poème illustre le mieux la haine de Rimbaud envers les bourgeois ?

❑ **a.** « Le Forgeron ». ❑ **b.** « À la musique ». ❑ **c.** « Rages de César »

2. Les poèmes « Le Châtiment de Tartufe » et « Le Mal » ont en commun d'être :

❑ **a.** antibourgeois. ❑ **b.** antimilitaristes. ❑ **c.** anticléricaux.

2 La liberté de ton

→ FICHE 5

Vrai ou faux ?	Vrai	Faux
a. Les poèmes des *Cahiers de Douai* sont souvent empreints de sensualité.	❑	❑
b. Le thème de l'amour est souvent utilisé dans un but satirique contre le monde bourgeois.	❑	❑
c. Le poème « L'Éclatante Victoire de Sarrebrück », célébrant des exploits militaires, relève du registre épique.	❑	❑

3 Tradition et renouvellement des formes

→ FICHE 6

1. Combien y a-t-il de sonnets dans les *Cahiers de Douai* ?

❑ **a.** 7. ❑ **b.** 12. ❑ **c.** 22.

2. Comment appelle-t-on des sonnets qui paraissent irréguliers pour la tradition ?

❑ **a.** Sonnets libres. ❑ **b.** Sonnets libertins. ❑ **c.** Sonnets inconstants.

4 Une autre conception de la poésie

→ FICHE 7

Vrai ou faux ?	Vrai	Faux
a. Les *Cahiers de Douai* ont été écrits pour illustrer les théories présentées dans les lettres du voyant.	❑	❑
b. La présence de synesthésies indique l'importance que Rimbaud accorde aux perceptions sensorielles.	❑	❑
c. Il n'y a aucune innovation du point de vue lexical dans les *Cahiers de Douai*.	❑	❑
d. Le poète des *Cahiers de Douai* est un jeune homme de bonne famille, sentimental et naïf.	❑	❑

S'ENTRAÎNER

5 Mémoriser les idées-clés du cours

Répondez oralement à ces six questions de cours.

1. En quoi la figure de l'adolescent est-elle présente dans les poèmes des *Cahiers de Douai* ?
2. Quels poèmes s'en prennent directement au pouvoir impérial ?
3. Quels procédés Rimbaud emploie-t-il pour adopter un style sarcastique ?
4. Quels poèmes relèvent de la parodie ?
5. En quoi Rimbaud renouvelle-t-il la versification ?
6. En quoi peut-on dire que Rimbaud « s'encrapule » dans ses poèmes ?

OBJECTIF BAC

6 Présentation des *Cahiers de Douai* à l'oral

Lors de la seconde partie de l'épreuve orale du bac de français, vous êtes invité(e) à présenter une œuvre parmi celles que vous avez étudiées en classe ou lues en lectures cursives.

Dans l'exercice qui suit, nous vous proposons de vous entraîner à cette présentation à partir de l'exemple des *Cahiers de Douai*.

Vous avez étudié les *Cahiers de Douai* en classe et avez sélectionné cette œuvre, dans votre récapitulatif, pour la seconde partie de l'épreuve. Présentez-la brièvement et exposez les raisons de votre choix.

→ **Les clés pour réussir, page suivante.**

7 Entretien à la suite de la présentation des *Cahiers de Douai*

Une fois votre présentation terminée, l'examinateur ou l'examinatrice vous pose des questions en prenant appui sur les éléments exposés. Il ou elle évalue vos capacités à dialoguer, à nuancer ou à étoffer votre réflexion, à défendre votre point de vue sur la base de la connaissance de l'œuvre.

Les questions

1. Les *Cahiers de Douai* sont-ils véritablement un recueil ?
2. Quel est le statut de l'amour et du lyrisme amoureux dans ces poèmes ?
3. De quoi le poète cherche-t-il à s'émanciper par la création poétique ?

LES CLÉS POUR RÉUSSIR

Présenter brièvement l'œuvre

Montrez que vous avez compris ce qui fait la spécificité des *Cahiers de Douai* : le contexte politique et militaire que l'on retrouve dans l'œuvre, mais aussi le style bien particulier de Rimbaud.

L'œuvre dans son contexte

- Un jeune poète de quinze ou seize ans qui propose ici ses premières tentatives poétiques
- Une œuvre marquée par le contexte du Second Empire, de la guerre franco-prussienne, de l'avènement de la bourgeoisie comme classe dominante

Les caractéristiques essentielles

- Un ensemble de vingt-deux poèmes de facture classique : des sonnets pour la plupart, l'alexandrin comme vers le plus présent
- Une écriture parfois lyrique, dans son évocation sensuelle de l'amour et de la nature, parfois satirique, dans son attaque violente de toutes les formes de pouvoir en place

Exposer les raisons de son choix

Montrez que le choix de cette œuvre répond pour vous aussi bien à un désir de connaissance qu'à la recherche d'un plaisir de lecture. Soulignez l'intérêt qu'il y a à découvrir un poète de votre âge, avec des préoccupations similaires.

1 Un poète adolescent

- la critique sans concession du monde tel qu'il est
- le désir intense d'émancipation

2 Une satire mordante

- le sarcasme et la provocation
- la liberté iconoclaste

3 Une poésie éblouissante

- un lyrisme envoûtant
- un univers poétique incomparable

Répondre aux questions de l'examinateur

Après votre présentation, l'examinateur ou l'examinatrice vous pose des questions en prenant appui sur les éléments exposés. Il ou elle évalue vos capacités à dialoguer, à défendre, nuancer ou étoffer votre réflexion.

C'est pourquoi il est important de connaître la structure globale des *Cahiers de Douai* (→ **fiche L'organisation du recueil**) mais aussi, et dans le détail, plusieurs poèmes aux thématiques variées.

SE TESTER QUIZ

1 Des poèmes de la révolte

→ FICHE 4

1. Réponse b. « À la musique » décrit une bourgeoisie de province conformiste et ridicule. Le décor (« mesquines pelouses »), les accessoires (« breloques à chiffres », « lorgnons », « canne à pomme »), les corps (« poussifs », « bouffis », « bedaine ») : tout transpire la médiocrité satisfaite et la bêtise écœurante.
2. Réponse c. Il s'agit de deux poèmes violemment anticléricaux. « Le Châtiment de Tartufe » inflige au faux dévot de la comédie de Molière une humiliation en représailles de sa haine du corps. « Le Mal » fustige le clergé, qui soutient le régime impérial et la guerre franco-prussienne.

2 La liberté de ton

→ FICHE 5

a. Vrai. Il s'agit d'une sensualité heureuse, libre, qui n'est pas contrainte par les normes sociales et religieuses. • **b. Vrai.** Plusieurs poèmes (notamment « À la musique », « Roman », « Les Reparties de Nina ») opposent les désirs amoureux de la jeunesse au monde étriqué et rationnel d'une bourgeoisie vide de toute émotion, uniquement intéressée par le confort et l'argent. • **c. Faux.** Il s'agit d'un poème satirique qui se moque sur le mode burlesque de ce que la propagande napoléonienne présente comme une victoire.

3 Tradition et renouvellement des formes

→ FICHE 6

1. Réponse b. Il y a cinq sonnets dans le premier cahier et sept dans le second. Vingt-deux est le nombre total de poèmes dans les deux cahiers.
2. Réponse b. On parle de sonnets libertins. Cette appellation ne concerne pas le contenu des sonnets, mais désigne le fait que les quatrains comportent plus de deux rimes, contrairement au sonnet traditionnel.

> **À NOTER**
> Le **sonnet** est une forme qui connaît son heure de gloire en France au XVIe siècle avec la Pléiade, puis au XIXe siècle, notamment sous l'impulsion de Baudelaire, qui affirme à son propos : « Parce que la forme est contraignante, l'idée jaillit plus intense. »

4 Une autre conception de la poésie

→ FICHE 7

a. Faux. Les lettres du voyant (mai 1871) sont postérieures aux *Cahiers*, confiés à Demeny en septembre-octobre 1870. • **b. Vrai.** En ce sens, les *Cahiers de Douai* illustrent par avance une idée-clé des lettres du voyant : la poésie comme quête d'inconnu, grâce au « *dérèglement* de *tous les sens* ». • **c. Faux.** Comme Hugo avant lui, prétendant mettre « un bonnet rouge au vieux dictionnaire », Rimbaud introduit des termes réputés peu poétiques dans ses poèmes (notamment dans le dernier vers de « Venus Anadyomène »). • **d. Faux.** C'est parfois le cas, par exemple dans « Les Reparties de Nina ». Mais c'est plus souvent un jeune homme marginal, débraillé, rêvant à des amours sensuelles et à une vie de bohème.

S'ENTRAÎNER

5 Mémoriser les idées-clés du cours

1. Le « je » poétique est souvent un adolescent. L'âge de **« dix-sept ans »** apparaît dans le poème « Roman » : ce n'est pas l'âge de Rimbaud, mais un âge symbolique, celui de la frontière entre l'enfance et le monde adulte. Le « je » poétique apparaît à la fois **révolté contre les pouvoirs en place**, les normes en vigueur, mais aussi **débordant de pulsions et de désirs**, en particulier amoureux, comme le montrent les deux derniers quatrains du poème « À la musique », qui s'achève par le vers : « – Et je sens les baisers qui me viennent aux lèvres… »

2. Le pouvoir impérial fait l'objet d'une violente satire et Napoléon III subit de nombreuses attaques, principalement dans deux poèmes. L'empereur est ridiculisé dans **« L'Éclatante Victoire de Sarrebrück »** et surtout dans **« Rages de Césars »** où, prisonnier après la défaite de la France face à la Prusse, il ne pense qu'à la vie de débauche dont il est désormais privé.

3. Le ton sarcastique se manifeste par des **procédés soulignant cruellement le ridicule des personnages** évoqués. Rimbaud n'hésite pas à se moquer de l'**aspect corporel des personnes**, par exemple lorsqu'il évoque le roi Louis XVI « debout sur son ventre » (« Le Forgeron ») ou un bourgeois à « bedaine flamande » (« À la musique »). On retrouve ici le registre de la caricature de presse, qui grossit chaque défaut physique. À cette dimension visuelle s'ajoute une **dimension sonore**, dans la recherche de jeux avec les sons, pour montrer, par exemple, la lourdeur des bourgeois : ainsi, dans la formule « gros bureaux bouffis » (« À la musique »), les « r » et les « b » se mêlent pour marquer tout le mépris que ces créatures inspirent au poète.

4. Les principaux poèmes parodiques, c'est-à-dire détournant une autre œuvre dans un but satirique, sont **« Bal des pendus »**, parodie de la « Ballade des pendus » de Villon, **« Venus Anadyomène »**, qui reprend l'image de Vénus sortant des eaux, dont la plus célèbre illustration est le tableau de Botticelli, ainsi que **« L'Éclatante Victoire de Sarrebrück »**, parodie d'une « gravure belge brillamment coloriée » que Rimbaud aurait aperçue dans une vente lors de sa fugue à Charleroi.

5. Rimbaud renouvelle la versification de deux façons. Il joue sur la **disposition des rimes** dans les quatrains des sonnets : par exemple, dans « Le Buffet », on trouve quatre rimes et non deux : en « -ombre », « gens/-geants », « -ries » et « -iffons ». Du point de vue du **mètre**, Rimbaud ne propose pas de grande nouveauté (contrairement à Verlaine, par exemple, qui utilise massivement le vers impair) mais il introduit des **rythmes originaux** dans l'alexandrin.

6. Rimbaud fait dans ses poèmes l'**éloge du peuple**, il prend le parti des plus démunis, se représente volontiers en jeune homme pauvre ou en vagabond aux habits déchirés et aux chaussures trouées : « Au Cabaret-Vert » débute par le vers « Depuis huit jours, j'avais déchiré mes bottines », qui fait écho aux « souliers blessés » de « Ma Bohême ». Rimbaud se met aussi en scène comme **amateur de vice et de débauche**.

CITATION

L'**association entre peuple et « crapule »** apparaît dans « Le Forgeron » quand ce dernier force le roi à regarder le peuple en face : « C'est la Crapule, / Sire. Ça bave aux murs, ça monte, ça pullule ». Chez Rimbaud, l'insulte « crapule » fait l'objet d'une revalorisation.

OBJECTIF BAC

Les titres en couleur servent de repères dans ces propositions écrites de présentation ou de réponses aux questions. Ils doivent être intégrés de manière naturelle à votre exposé oral.

6 Présentation des *Cahiers de Douai* à l'oral

I. Présentation brève de l'œuvre

1. L'œuvre dans son contexte

- Les ***Cahiers de Douai*** rassemblent des poèmes de jeunesse remis par Rimbaud en septembre et octobre 1870 au poète Paul Demeny, sans doute dans l'espoir d'être publié.
- L'œuvre est marquée par le **contexte biographique** : l'auteur est un adolescent qui étouffe dans une petite ville de province. Elle est marquée aussi par le **contexte historique** : le Second Empire finissant et la guerre franco-prussienne.

> **CONSEIL**
> N'hésitez pas, comme dans les exemples ci-contre, à ajouter aux raisons de votre choix des **connaissances** pour rendre cette partie de l'exposé plus convaincante.

2. Les caractéristiques essentielles

- Le texte se compose de **deux cahiers** dépourvus de toute organisation perceptible. Le lyrisme amoureux, la satire sociale et politique, l'éloge de la liberté en sont les thèmes essentiels.
- L'écriture poétique de Rimbaud exprime un **désir de liberté** par rapport aux traditions, aux pouvoirs et aux normes, dans des **formes qui restent traditionnelles** : le sonnet et l'alexandrin.

> **CONSEIL**
> Soulignez le **paradoxe** : Rimbaud exprime un désir de libération des carcans sociaux, politiques et religieux, mais ne remet pas vraiment en question les codes et conventions poétiques.

II. Les raisons de mon choix

1. Un poète adolescent

- Le regard de l'adolescent sur le monde permet une **critique sans concession** de tout ce à quoi les adultes se sont résignés, par exemple la misère (« Les Effarés ») ou la guerre (« Le Dormeur du val »).
- Le poète adolescent exprime un intense **désir d'émancipation**. Rimbaud a souvent fugué pour s'extirper du milieu étouffant auquel il appartenait. Cela transparaît dans cette poésie qui réclame la liberté d'aimer, de désirer, d'écrire.

2. Une satire mordante

- La poésie de Rimbaud cherche souvent à **provoquer** en se moquant de façon féroce de ses cibles privilégiées : le pouvoir en général et Napoléon III en particulier, l'Église, l'armée et la bourgeoisie.
- Ce ton sarcastique n'est pas gratuit : il vise à promouvoir une **liberté** qui se moque de tout et de tout le monde.

3. Une poésie éblouissante

- Il ne faut pas négliger, aux côtés des sarcasmes, l'existence d'un **lyrisme envoûtant**, qui évoque aussi bien les sensations procurées par la nature que les frémissements du désir propres à l'amour naissant.
- Avec sa poésie, le jeune Rimbaud éblouit par sa **capacité à créer un univers bien à lui.** Il invente la figure du fugueur, épris de liberté et de poésie.

7 Entretien à la suite de la présentation des *Cahiers de Douai*

1. Les *Cahiers de Douai* et le statut de recueil

- On sait que Rimbaud **confie les deux cahiers à Paul Demeny**, à l'occasion de deux fugues qui le conduisent à Douai, en septembre et octobre 1870. Demeny ne suivra pas l'ordre ultérieur de Rimbaud de **brûler ces textes**. Ils seront publiés en 1919 sous le titre, qui n'est pas de Rimbaud, *Cahiers de Douai*.
- Ces *Cahiers* ne sont donc pas tout à fait un recueil. Il s'agit plutôt d'un **ensemble de brouillons mis au propre** : la structure du recueil n'est pas encore trouvée. C'est donc un recueil uniquement dans le sens où on observe le retour de certains thèmes qui donnent à l'ensemble une certaine cohérence.

2. L'amour et le lyrisme amoureux

- Le lyrisme amoureux est **ambivalent** dans les *Cahiers de Douai*. Rimbaud se livre, d'une part, à une **célébration de la sensualité**, des désirs juvéniles, de la chair féminine (« Au Cabaret-Vert », « La Maline »), et oppose ce désir aux normes morales de la bourgeoisie. D'autre part, on trouve une **vision plus idéalisée de l'amour**, comme dans « Ophélie », dont le personnage éponyme représente l'amour chaste.
- Cet **amour idéalisé** est cependant **souvent ridiculisé** : Rimbaud met en scène un jeune homme **naïf** face à des jeunes femmes, objets de fantasmes, qui lui rappellent qu'il a pour rival un employé de bureau, symbole de la médiocrité petite-bourgeoise (« Les Reparties de Nina »), se rient de son caractère « immensément naïf » (« Roman ») ou bien le « trouvent drôle » (« À la musique »).

3. Émancipation et création poétique

- Le recueil exprime le désir d'émancipation grâce aux **motifs de la fuite, de l'errance, de la marche**. Le poète est animé d'un élan vital souvent signifié par le verbe « aller », par exemple dans « Sensation », (« j'irai dans les sentiers », v. 1, « j'irai loin, bien loin », v. 7), ou encore dans « Ma Bohême » (« Je m'en allais », v. 1, « J'allais sous le Ciel », v. 3). S'émanciper, c'est donc toujours quitter quelque chose ou quelqu'un.
- Les poèmes expriment le rejet de toutes les entraves à la liberté, en particulier la **liberté religieuse**, qui oppose à la religion, dans « Soleil et chair », un hymne au désir et au corps. La **liberté politique** est également mise en avant, opposant les républicains épris d'émancipation et les bonapartistes autoritaires : les « Morts de Quatre-vingt-douze » sont « pâles du baiser fort de la liberté » (v. 1-2), que Napoléon III prétend étouffer dans « Rages de Césars » : « Je vais souffler la Liberté ».
- Rimbaud s'émancipe également en partie des **règles et conventions de la tradition poétique**. Les poèmes des *Cahiers de Douai* marquent ainsi une évolution : de l'allégeance aux Parnassiens des débuts jusqu'à une poésie annonçant les lettres du voyant.

DES POINTS EN PLUS

Cette réponse est organisée en trois parties. D'abord, on étudie la façon dont l'émancipation constitue un thème qui apparaît grâce à **divers motifs** au sein de l'œuvre (s'émanciper, c'est toujours s'émanciper de quelque chose). Puis on montre que c'est aussi une idée qui structure toute la **vision du monde** du poète, sur le plan politique, social et religieux (l'émancipation de l'oppression). Enfin, on montre que l'émancipation se manifeste dans le **travail littéraire lui-même** (l'émancipation des contraintes poétiques).

3 Expliquer des poèmes du recueil

8 Poème 1. « À la musique »

Ce poème évoque les concerts donnés à Charleville. Rimbaud en tire une violente satire de la société bourgeoise, médiocre et étriquée, qui assiste à ces concerts. Il y oppose un sentiment de liberté mêlé de désir amoureux, sur lequel il porte cependant un regard également ironique.

Place de la gare, à Charleville.

Sur la place taillée en mesquines pelouses,
Square où tout est correct, les arbres et les fleurs,
Tous les bourgeois poussifs qu'étranglent les chaleurs
Portent, les jeudis soirs, leurs bêtises jalouses.

– L'orchestre militaire, au milieu du jardin,
Balance ses schakos[1] dans la *Valse des fifres*[2] :
– Autour, aux premiers rangs, parade le gandin[3] ;
Le notaire pend à ses breloques à chiffres[4] :

Des rentiers[5] à lorgnons[6] soulignent tous les couacs :
Les gros bureaux[7] bouffis traînent leurs grosses dames
Auprès desquelles vont, officieux cornacs[8],
Celles dont les volants[9] ont des airs de réclames[10] ;

Sur les bancs verts, des clubs d'épiciers retraités
Qui tisonnent[11] le sable avec leur canne à pomme[12],
Fort sérieusement discutent les traités,
Puis prisent en argent[13], et reprennent : « En somme !... »

Épatant[14] sur son banc les rondeurs de ses reins,
Un bourgeois à boutons clairs, bedaine[15] flamande,
Savoure son onnaing[16] d'où le tabac par brins
Déborde – vous savez, c'est de la contrebande ; –

1. Le cadre général

En quoi le décor annonce-t-il les personnages ?

Comment le public est-il d'emblée ridiculisé ?

Quelles premières figures individuelles apparaissent ? Quelle impression s'en dégage ?

2. Une galerie de personnages grotesques

Sur quoi la satire repose-t-elle, principalement dans les troisième et cinquième quatrains ? En quoi les sonorités contribuent-elles à ridiculiser les personnages ?

Sur quoi la satire repose-t-elle dans le quatrième quatrain ?

1. **Schakos :** chapeaux militaires. 2. **Fifres :** petites flûtes. 3. **Gandin :** jeune homme très élégant et ridicule. 4. **Breloques à chiffres :** petits bijoux gravés des initiales de leur possesseur. 5. **Rentiers :** personnes qui ne travaillent pas mais vivent de leurs rentes, revenus provenant de leurs biens. 6. **Lorgnons :** lunettes sans branches. 7. **Bureaux :** employés de bureau. 8. **Cornacs :** personnes conduisant un éléphant. Il s'agit ici des dames de compagnie. 9. **Volants :** bandes de tissu décorant une robe. 10. **Réclames :** publicités. 11. **Tisonnent :** grattent. 12. **Pomme :** poignée en forme de boule d'une canne. 13. **Prisent en argent :** aspirent par le nez du tabac pris dans une tabatière en argent. 14. **Épatant :** étalant. 15. **Bedaine :** gros ventre. 16. **Onnaing :** pipe en terre fabriquée dans la commune du même nom.

Le long des gazons verts ricanent les voyous ;
Et, rendus amoureux par le chant des trombones,
Très naïfs, et fumant des roses[17], les pioupious[18]
Caressent les bébés pour enjôler[19] les bonnes...

– Moi, je suis, débraillé comme un étudiant
Sous les marronniers verts les alertes fillettes :
Elles le savent bien, et tournent en riant,
Vers moi, leurs yeux tout pleins de choses indiscrètes

Je ne dis pas un mot : je regarde toujours
La chair de leurs cous blancs brodés de mèches folles :
Je suis, sous le corsage et les frêles atours[20],
Le dos divin après la courbe des épaules

J'ai bientôt déniché la bottine, le bas...
– Je reconstruis les corps, brûlé de belles fièvres.
Elles me trouvent drôle et se parlent tout bas...
– Et je sens les baisers qui me viennent aux lèvres...

Montrez que les voyous et les soldats sont aussi la cible de la satire.

3. Un jeune homme débordant de désir

Comment s'exprime le désir sensuel dans les trois derniers quatrains ?

En quoi permet-il d'opposer nettement le poète aux autres personnages ?

En quoi le poète se moque-t-il aussi de lui-même ? Cherchez ce qui rappelle des clichés de la poésie amoureuse.

17. Roses : cigarettes dont l'emballage est de couleur rose.
18. Pioupious : terme familier désignant les simples soldats.
19. Enjôler : séduire. **20. Frêles atours :** vêtements légers.

LÉGENDE
- Éléments satiriques
- Jeux sur les sonorités

Repérage

Faire une première analyse du texte

1 Le cadre général
- Analysez la façon dont Rimbaud construit progressivement la description du concert.

2 Une galerie de personnages grotesques
- Étudiez les défauts physiques et moraux des personnages, à partir desquels se déploie la satire.
- Mettez en évidence la façon dont les sonorités accentuent le caractère grotesque des personnages.

3 Un jeune homme débordant de désir
- Quels procédés sont mis en œuvre pour exprimer l'ardeur du désir du jeune homme ? Quelles expressions paraissent néanmoins stéréotypées et montrent que le jeune homme aussi est ridicule ?

Conclusion
- Ce poème est une satire féroce qui n'est pas une caricature gratuite. Il exprime une vision du monde marquée par le désir de liberté.

→ **exercice d'explication orale du texte, p. 52**

9 Poème 2. « Roman »

Comme l'indique le titre, c'est un véritable roman que narre ce poème : un jeune homme, habitué des cafés, s'éprend d'une « demoiselle » accompagnée d'un père bourgeois. Cette histoire d'amour commencée en juin (v. 5) se poursuit jusqu'en août (v. 25) et s'achève par une lettre. Le jeune homme n'a plus qu'à retourner aux cafés du début.

I

On n'est pas sérieux, quand on a dix-sept ans.
– Un beau soir, foin des bocks[1] et de la limonade,
Des cafés tapageurs aux lustres éclatants !
– On va sous les tilleuls verts de la promenade

Les tilleuls sentent bon dans les bons soirs de juin !
L'air est parfois si doux, qu'on ferme la paupière ;
Le vent chargé de bruits, – la ville n'est pas loin, –
A des parfums de vigne et des parfums de bière...

II

– Voilà qu'on aperçoit un tout petit chiffon
D'azur sombre, encadré d'une petite branche,
Piqué d'une mauvaise étoile, qui se fond
Avec de doux frissons, petite et toute blanche...

Nuit de juin ! Dix-sept ans ! – On se laisse griser.
La sève est du champagne et vous monte à la tête...
On divague ; on se sent aux lèvres un baiser
Qui palpite là, comme une petite bête...

III

Le cœur fou Robinsonne[2] à travers les romans,
– Lorsque, dans la clarté d'un pâle réverbère,
Passe une demoiselle aux petits airs charmants,
Sous l'ombre du faux-col[3] effrayant de son père...

Et, comme elle vous trouve immensément naïf,
Tout en faisant trotter ses petites bottines,
Elle se tourne, alerte et d'un mouvement vif...
– Sur vos lèvres alors meurent les cavatines[4]...

1. L'ivresse du poète

En quoi le premier quatrain exprime-t-il la vivacité et l'agitation du poète ?

En quoi le deuxième quatrain exprime-t-il la douceur et l'harmonie ?

En quoi le thème commun des deux quatrains est-il l'ivresse ?

2. Le désir amoureux

En quoi l'évocation du ciel et de l'étoile dans le troisième quatrain est-elle un cliché ?

En quoi l'évocation du désir amoureux dans le quatrième quatrain s'oppose-t-elle aux clichés romantiques ?

3. Une scène de rencontre

Quels éléments de la scène de rencontre sont véritablement décrits ? En quoi est-ce étonnant ?

Quel est l'effet produit par l'allitération en [t] ?

---

1. Foin des bocks : expression exprimant le rejet des bocks (verres de bière) par le jeune homme.
2. Robinsonne : vagabonde (néologisme forgé sur le nom du personnage éponyme du roman *Robinson Crusoé* (1719), de Daniel Defoe. **3. Faux-col :** col de chemise amovible. **4. Cavatines :** airs d'opéra très doux.

IV

Vous êtes amoureux. Loué jusqu'au mois d'août.
Vous êtes amoureux. – Vos sonnets La font rire.
Tous vos amis s'en vont, vous êtes mauvais goût.
– Puis l'adorée, un soir, a daigné vous écrire... !

– Ce soir-là, ... – vous rentrez aux cafés éclatants,
Vous demandez des bocks ou de la limonade...
— On n'est pas sérieux, quand on a dix-sept ans
Et qu'on a des tilleuls verts sur la promenade.

29 septembre 1870.

4. La fin de l'idylle

Quels procédés ridiculisent l'amour du poète pour la jeune fille ?

Quel est l'effet produit par le retour en fin de poème des termes et des formules du début du poème ?

LÉGENDE
- Évocation de la réalité concrète
- Expression d'un romantisme naïf et illusoire
- Jeux sur les sonorités

Repérage

Faire une première analyse du texte

1 L'ivresse du poète

- Comment le décor idyllique du deuxième quatrain s'oppose-t-il au monde urbain du premier quatrain ?
- Le deuxième quatrain conserve toutefois des traces du monde urbain. Quelle est l'idée ainsi exprimée ?

2 Le désir amoureux

- Comment les images du troisième quatrain mettent-elles à distance les clichés romantiques associés à l'amour ?
- Montrez que le quatrième quatrain substitue, à cette vision de l'amour, l'expression de désirs sensuels plus concrets.

3 La scène de rencontre

- Soulignez l'absence de description de la jeune fille. Que traduit cette absence ?

4 La fin de l'idylle

- Repérez les procédés contribuant à la désacralisation du sentiment amoureux. Montrez comment la circularité du poème la renforce.

Conclusion

- Comme le titre le suggère, il ne s'agit que d'un « roman », une histoire d'amour où les sentiments sont une illusion passagère, qui accompagne le désir purement charnel de l'adolescent.

→ **exercice d'explication orale du texte, p. 52**

10 Poème 3. « Le Dormeur du val »

Ce sonnet est un des poèmes les plus connus d'Arthur Rimbaud. Inspiré par l'actualité de la guerre franco-prussienne, mais ayant ensuite acquis une valeur universelle de protestation contre l'absurdité des guerres, il constitue un véritable petit tableau dont la chute, au dernier vers, est particulièrement saisissante.

C'est un trou de verdure où chante une rivière
Accrochant follement aux herbes des haillons
D'argent ; où le soleil, de la montagne fière,
Luit : c'est un petit val qui mousse de rayons.

Un soldat jeune, bouche ouverte, tête nue,
Et la nuque baignant dans le frais cresson[1] bleu,
Dort ; il est étendu dans l'herbe, sous la nue[2],
Pâle dans son lit vert où la lumière pleut.

Les pieds dans les glaïeuls[3], il dort. Souriant comme
Sourirait un enfant malade, il fait un somme :
Nature, berce-le chaudement : il a froid.

Les parfums ne font pas frissonner sa narine ;
Il dort dans le soleil, la main sur sa poitrine
Tranquille. Il a deux trous rouges au côté droit.

Octobre 1870.

1. La description d'un cadre bucolique

Quels procédés créent le sentiment d'une nature joyeuse et ardente ?

2. Le portrait du jeune soldat

Quels éléments suggèrent l'idée de vie ? Quel élément suggère la mort ?

3. Un étrange sommeil

Comment l'idée de mort, révélée au dernier vers, est-elle progressivement introduite ?

Quel effet le rythme des vers produit-il ?

LÉGENDE

- Description de la nature
- Évocation des sensations
- Discordances (→ **méthode ci-contre**)

1. **Cresson :** plante comestible d'eau douce.
2. **Nue :** ciel.
3. **Glaïeuls :** plantes à fleurs colorées, souvent utilisées pour les enterrements.

Repérage

Faire une première analyse du texte

1 La description d'un cadre bucolique

- Identifiez les divers moyens par lesquels l'image d'une nature riante, gorgée de vie et de lumière, est suggérée.

2 Le portrait du jeune soldat

- Montrez comment le portrait du jeune soldat semble poursuivre la peinture idyllique, mais contient des éléments annonciateurs de la chute du poème.

3 Un étrange sommeil

- Remarquez l'importance des répétitions : pourquoi le poème, avant la dernière phrase, insiste-t-il autant sur l'idée d'un sommeil paisible ?
- Étudiez les discordances dans la versification : quel est le but visé ?

▸ Conclusion

- Le caractère purement descriptif de ce poème n'exprime aucune indignation mais laisse les lecteurs face à l'effroi du surgissement absurde de la mort d'un tout jeune homme dans une nature paisible.

→ **exercice d'explication orale du texte, p. 52**

Méthode

Analyser le rythme dans un poème

Quatre types de discordances poétiques

Ces décalages dans le vers créent un effet de rythme à interpréter.

Le rejet : la syntaxe se poursuit au début du vers suivant.
« Il dort dans le soleil, la main sur sa poitrine
Tranquille. »

Le contre-rejet : la syntaxe commence à la fin du vers précédent.
« Souriant comme
Sourirait un enfant malade, il fait un somme »

L'enjambement : la syntaxe déborde sur l'ensemble du vers suivant.
« Un soldat jeune, bouche ouverte, tête nue,
Et la nuque baignant dans le frais cresson bleu »

La discordance interne : la syntaxe déborde à l'intérieur d'un même vers sur l'hémistiche suivant. Il peut y avoir rejet, contre-rejet ou enjambement interne.
« Un soldat jeune, bouche ouverte, tête nue » contre-rejet interne

11 Poème 4. « Ma Bohême » (Fantaisie)

Dans cet autoportrait, Rimbaud se figure en marcheur, en vagabond. Il transpose ainsi l'expérience des fugues par lesquelles il a voulu s'émanciper des pesanteurs familiales et des normes sociales. Ce dernier poème des Cahiers de Douai *est un ultime éloge de la vie et de la poésie libérées de toute entrave.*

Je m'en allais, les poings dans mes poches crevées ;
Mon paletot[1] aussi devenait idéal[2] ;
J'allais sous le ciel, Muse ! et j'étais ton féal[3] ;
Oh ! là ! là ! que d'amours splendides j'ai rêvées !

Mon unique culotte[4] avait un large trou.
– Petit-Poucet rêveur, j'égrenais[5] dans ma course
Des rimes. Mon auberge était à la Grande-Ourse.
– Mes étoiles au ciel avaient un doux frou-frou

Et je les écoutais, assis au bord des routes,
Ces bons soirs de septembre où je sentais des gouttes
De rosée à mon front, comme un vin de vigueur ;

Où, rimant au milieu des ombres fantastiques,
Comme des lyres, je tirais les élastiques
De mes souliers blessés, un pied près de mon cœur !

1. Le vagabond en marche

Relevez ce qui, sur les plans formel et thématique, exprime un élan vital.

Comment le poème s'inscrit-il dans la tradition du lyrisme poétique ? Soulignez cependant les éléments familiers qui rompent avec ce lyrisme.

2. Le poète à l'arrêt

Quelle est l'image de la nature ? En quoi diffère-t-elle de ce qui précède ?

Quelle image de l'activité poétique conclut le poème ? En quoi est-elle étonnante ?

LÉGENDE

- (surligné jaune) Lexique de l'errance et du dénuement
- (surligné mauve) Lexique de l'activité poétique
- (souligné) Verbes à l'imparfait de l'indicatif

1. Paletot : veste.
2. Idéal : très usé.
3. Féal : serviteur.
4. Culotte : ici, pantalon.
5. J'égrenais : je semais une par une, comme des grains qu'on détache d'un épi de blé.

Repérage

Faire une première analyse du texte

1 Le vagabond en marche

- Montrez comment le texte met en scène l'errance, le mouvement, comme une manière de se libérer.
- Remarquez et commentez la façon dont le poète s'amuse avec les thèmes traditionnels de la poésie lyrique.
- Caractérisez les rapports du jeune vagabond avec l'univers qui l'entoure.

2 Le poète à l'arrêt

- Comment l'opposition traditionnelle du sonnet entre quatrains et tercets est-elle subvertie ? Observez la syntaxe.
- Montrez que la nature reste une inspiration mais devient plus inquiétante, plus étrange.
- Dites en quoi la fin du poème est marquée par des images inhabituelles et originales.

Conclusion

- Récapitulez les aspects du poème qui suggèrent la liberté : l'errance dépourvue de but, le jeu avec les motifs du lyrisme, la forme désarticulée du sonnet.

→ **exercice d'explication orale du texte, p. 52**

Méthode

Étudier les procédés lexicaux d'un poème

Quatre procédés lexicaux

Une remarque lexicale ne doit jamais rester isolée mais s'intégrer à l'interprétation d'ensemble.

Les registres de langue
Un registre de langue différent introduit un contraste.
« Oh ! là ! là ! que d'amours splendides j'ai rêvées ! »
registre de langue familier

Les archaïsmes
Un archaïsme permet d'évoquer un univers ancien.
« et j'étais ton féal » univers médiéval, de l'amour courtois

Les connotations
Certains mots prennent un second sens, implicite.
« des gouttes de rosée à mon front »
évocation du baptême dans la religion chrétienne

Les jeux de mots
Certains mots sont polysémiques (ont plusieurs sens).
« Mon paletot aussi devenait idéal »
renvoi à l'idéal poétique et à l'usure du vêtement

MÉMO VISUEL

DÉCRIRE

1 La forme générale

- Le poème est-il **en vers ou en prose** ?
  → poème versifié : retour à la ligne après chaque vers (délimité par un mètre et une rime en fin de vers)
  → poème en vers libres : *idem* mais sans mètre particulier ni rime
  → poème en prose : retour à la ligne à la fin d'un paragraphe
- Comprend-il des **strophes** ?
- (*poème en vers*) Correspond-il à une **forme fixe** ?
  ex. : le sonnet, la ballade

4 Les procédés poétiques

Le rythme

- (*poème en vers*) Quel est le **mètre** (nombre de syllabes par vers) ?
- (*poème en vers*) Observe-t-on des **décalages** entre les phrases et les vers ? (→ **Méthode, p. 45**)
- Quand on lit le poème à voix haute, où se pose la voix ? Le rythme qui en découle est-il **ample ? rapide ?**…

Les sonorités

- (*poème en vers*) Quelle est la disposition des **rimes**, leur **qualité** ?
  → rimes suivies (AABB), croisées (ABAB) ou embrassées (ABBA)
  → rimes pauvres (1 son commun), suffisantes (2 sons) ou riches (3 sons)
- Relève-t-on d'**autres répétitions de sons** ?
  → allitération : répétition d'un son consonne
  → assonance : répétition d'un son voyelle

Les images

- Le poème est-il construit autour d'**images-clés** ?
  → comparaison : rapprochement de deux éléments à l'aide d'un outil de comparaison (« comme », « tel »)
  → métaphore : *idem* mais sans outil de comparaison

UN POÈME

2 L'énonciation et la tonalité

L'énonciation

- Qui parle ? À qui ?
  Quels **pronoms personnels** sont utilisés ?
- Quel est le **temps verbal** dominant ?

La tonalité

- Quelle est la tonalité générale du poème ? Sa **visée** ?
  → tonalité lyrique : célébration (d'un dieu, d'un amour naissant…) ou déploration (du temps qui passe, d'un amour perdu…)
  → tonalité épique : évocation grandiose de la guerre, des exploits de héros historiques ou légendaires
  → tonalité satirique : blâme des vices (des mauvais rois, des courtisans, des bourgeois…)
  → tonalité didactique : exposé de connaissances scientifiques, historiques, philosophiques…

3 Le thème et l'organisation

Le thème

- Quel est le **titre** du recueil ? du poème ?
- Quels sont les principaux **champs lexicaux** ?
- Peut-on identifier un **thème traditionnel de la poésie** ?

L'organisation

- Peut-on repérer des **ruptures**, une **progression** au sein du poème ?
- Comment le poème se termine-t-il (chute, boucle…) ?

MÉMO VISUEL

1 Se préparer

Pendant l'année

- Revoir les **explications** faites en cours.
- Approfondir ses **connaissances** sur l'œuvre, l'auteur, le contexte…
- Faire des fiches de **révision** sur chaque texte.
- Revoir les notions de **grammaire** au programme.

Le jour J

- Relire le texte sélectionné en repérant les **difficultés de lecture**.
- L'**annoter** : mouvements, mots-clés, principaux procédés à commenter…
- Rédiger l'**introduction** et la **conclusion**.
- Répondre à la **question de grammaire**.

RÉUSSIR

5 Réussir l'entretien

Présenter l'œuvre choisie

- **Être bref** mais efficace.
- **Ouvrir** des pistes d'étude de l'œuvre sans entrer dans les détails.
- **Justifier** le choix de l'œuvre en développant un avis personnel.

Dialoguer avec l'examinateur

- **Répondre** précisément à chaque question.
- **Développer** les réponses en élargissant progressivement.
- **Faire des liens** avec d'autres œuvres.

L'ÉPREUVE ORALE

2 Faire une lecture du texte à voix haute

- Commencer par **présenter l'extrait** en le situant dans l'œuvre ou le parcours auquel il appartient.
- Faire une lecture adaptée au **genre littéraire** : poésie, théâtre…
- Être **expressif** mais pas exagérément.
- Respecter les **liaisons** et la **ponctuation**.

3 Expliquer le texte

- Formuler l'**enjeu principal** du texte, qui servira de fil conducteur à l'explication.
- Faire le lien entre les **impressions de lecture** et les **procédés** utilisés.
- Procéder dans l'**ordre du texte**, en regroupant les remarques qui se recoupent.

4 Répondre à la question de grammaire

→ chapitre 4

- Utiliser les **termes grammaticaux** correspondant à la notion.
- Tenir compte du **contexte syntaxique**.

OBJECTIF BAC

Lors de la première partie de l'épreuve orale du bac de français, vous êtes interrogé(e) sur l'un des textes figurant dans votre récapitulatif. Il vous est demandé d'en lire à voix haute un passage, de l'expliquer, enfin de répondre à une question de grammaire. → CHAPITRE 4

Nous vous proposons un entraînement sur les quatre poèmes des *Cahiers de Douai* présentés dans les fiches 8 à 11 de ce chapitre.

1 Explication du texte 1 • « À la musique » → FICHE 8

Lisez puis expliquez le poème.

CONSEIL

- Aidez-vous des Clés pour réussir ci-contre.

2 Explication du texte 2 • « Roman » → FICHE 9

Lisez puis expliquez le poème.

CONSEILS

- Aidez-vous de l'encadré Repérage de la fiche 9, p. 43.
- Lors de votre lecture à voix haute, pensez à faire entendre les différentes tonalités du récit, parfois très vif et agité, parfois très paisible et harmonieux.

3 Explication du texte 3 • « Le Dormeur du val » → FICHE 10

Lisez puis expliquez le poème.

CONSEILS

- Aidez-vous de l'encadré Repérage de la fiche 10, p. 45.
- Lors de votre lecture à voix haute, pensez à mettre en valeur les discordances de la versification, notamment en marquant des pauses après « Dort » (v. 7) et « Tranquille » (v. 14).

4 Explication du texte 4 • « Ma Bohême » → FICHE 11

Lisez puis expliquez le poème.

CONSEILS

- Aidez-vous de l'encadré Repérage de la fiche 11, p. 47.
- Lors de votre lecture à voix haute, prenez garde au fait que les sept derniers vers sont une seule et même phrase. Attention notamment à ne pas faire de pause entre quatrains et tercets.

LES CLÉS POUR RÉUSSIR

Situer le poème 1 dans le recueil, le lire à voix haute

1 Situer le poème

- Rappelez brièvement le contexte d'écriture : le jeune Rimbaud est un adolescent fugueur, qui exècre sa famille, sa ville, son époque.
- Aidez-vous du chapeau (paragraphe qui introduit le texte), p. 40.
- Appuyez-vous sur la structure du recueil pour souligner la parenté entre ce poème et d'autres poèmes dont l'objet est la satire sociale.

2 Lire le poème à voix haute

- Faites sentir la férocité de la caricature en insistant sur les sonorités qui ridiculisent les bourgeois.
- Prenez un ton plus apaisé à partir de la septième strophe pour montrer qu'on passe de la satire sociale au lyrisme amoureux.

Expliquer le poème 1

1 Formuler la problématique

- Qu'est-ce qui fait la complexité de ce poème ? Faut-il n'y lire qu'une violente caricature des bourgeois ?
- Vous pouvez vous appuyer sur la conclusion du Repérage, p. 41.

2 Expliquer le poème en s'appuyant sur sa structure

- Délimitez trois parties dans le poème. Aidez-vous du découpage proposé, p. 40-41.
- Commencez l'analyse de chaque partie en en indiquant la (ou les) caractéristique(s) majeure(s).
- Étayez votre démonstration en vous appuyant sur le texte. Par exemple, montrez comment les clichés « mèches folles » ou « dos divin » de l'avant-dernière strophe permettent de se moquer du jeune homme, lui aussi visé par la satire.

3 Conclure

- Répondez à la question de la problématique : le poème est plus complexe qu'il n'y paraît car la satire n'est nullement réservée aux bourgeois. Elle est en réalité généralisée et traduit un profond désir de liberté.
- Pour élargir, faites le lien entre ce poème et « Les Reparties de Nina » ou « Roman », où le désir adolescent est opposé au conformisme bourgeois.

CORRIGÉS

OBJECTIF BAC

Les corrigés des explications sont présentés sous forme de plans détaillés.

1 Explication du poème 1 • « À la musique »

Introduction

[Situation du texte] Parmi les différentes cibles de la révolte rimbaldienne – la religion, le pouvoir impérial ou encore la guerre –, celle qui subit les attaques les plus féroces est la bourgeoisie, classe devenue dominante en France depuis la Révolution de 1789. **[Problématique]** Dans quelle mesure « À la musique » est-il une violente satire de la bourgeoisie, de son conformisme et de sa médiocrité, auxquels le jeune poète oppose la liberté et la ferveur de ses désirs amoureux ?

I. Le cadre général (v. 1-8, p. 40)

- Le poème commence par la description du décor, doté de caractéristiques évoquant le **conformisme** étriqué de la bourgeoisie : les pelouses sont « mesquines », le square est « correct ».
- On passe ensuite à la description générale du public. Les bourgeois sont d'emblée **ridiculisés** par leur inadaptation au monde : ils ont du mal à respirer (« poussifs »), ils ne supportent pas « les chaleurs », qui les « étranglent ».
- On distingue enfin des silhouettes individuelles, « le gandin » qui « parade », « le notaire » qui « pend à ses breloques ». Le recours à l'article défini « le » ainsi que l'usage du présent rendent leur action mécanique : ce sont des **pantins ridicules**.

II. Une galerie de personnages grotesques (v. 9-24, p. 40-41)

- La satire repose ensuite sur une **caricature des corps**, pour se moquer des riches bourgeois qui deviennent des sortes de monstres (les « gros bureaux », les « grosses dames », la « bedaine flamande »).
- La satire repose également sur la **caricature de l'esprit de sérieux** de ces bourgeois, des conversations politiques émanant d'individus qui rangent leur tabac dans des boîtes en argent et ne risquent guère de comprendre le peuple.
- Même **les voyous et les soldats**, qui pourraient représenter une forme de marginalité, sont les cibles de la satire : les premiers « ricanent » et les seconds sont « très naïfs ».

> **À NOTER**
> Les **sonorités** participent pleinement de la **satire**, en particulier les allitérations en [g] et en [b] : « gros bureaux bouffis », « grosses dames », « bourgeois à boutons », « bedaine ».

III. Un jeune homme débordant de désir (v. 25-36, p. 41)

- Le jeune homme qui décrit la scène s'oppose aux autres personnages par son apparence désordonnée et juvénile. Ses **désirs ardents** s'expriment par l'énumération suggestive des parties des corps (les cous, le dos) qu'il convoite et des vêtements (la bottine, le bas) qu'il observe.

▸ Toutefois, certaines expressions tendent à le ridiculiser : « dos divin », hyperbole excessive ; « cous blancs », « mèches folles », véritables clichés romantiques. La satire s'étend donc aussi au **naïf jeune homme**, même si elle est moins féroce.

Conclusion

▸ Le poème est donc moins simple qu'il ne semble : chacun, bourgeois, voyou ou adolescent sensuel, est renvoyé à ses stéréotypes. C'est toute une vision du monde, où personne n'échappe aux sarcasmes, qui se déploie ici : le désir de liberté conduit à refuser tous les clichés.

▸ D'autres poèmes du recueil illustrent la même situation : dans « Les Reparties de Nina », par exemple, la jeune femme qui ne pense qu'à son « bureau » incarne le conformisme petit-bourgeois, mais le jeune homme, qui lui propose une promenade amoureuse, paraît bien naïf et empêtré dans des clichés sur l'amour tout aussi ridicules.

2 Explication du poème 2 • « Roman »

Introduction

[Situation du texte] « Roman » clôt la séquence des *Cahiers de Douai* consacrée à la satire sociale (« Les Reparties de Nina », « À la musique », « Les Effarés », « Roman »). **[Problématique]** Si le poème semble renouer avec le lyrisme amoureux, il montre le caractère illusoire du rêve de l'adolescent, dont les sentiments aussi passagers que superficiels relèvent du « roman ».

I. L'ivresse du poète (v. 1-8, p. 42)

▸ Les deux premiers quatrains opposent deux mondes. Le **monde urbain**, celui des cafés, est à l'image du jeune poète turbulent, ce que soulignent les deux exclamations et le jeu d'allitération et d'assonance (« <u>ta</u>p<u>a</u>geurs », « lus<u>t</u>res écl<u>at</u>ant ») du vers 3.

▸ Le **monde naturel** du deuxième quatrain, à l'inverse, paraît doux et harmonieux : les coupures à l'hémistiche de chaque vers sont très nettes, et la répétition de « parfums » (v. 8) crée un effet d'équilibre.

▸ Mais ces deux mondes ne sont **pas séparés**. Ils ont en commun l'ivresse : on s'enivre de bière comme on s'enivre du parfum des tilleuls. Le poète rappelle en outre que « la ville n'est pas loin » et que l'on sent encore les « parfums de bière ».

II. Le désir amoureux (v. 9-16, p. 42)

▸ Dans le troisième quatrain, les clichés romantiques associés à l'amour sont désacralisés par le recours à des **formules triviales** : « un tout petit chiffon d'azur sombre » pour le ciel, « une mauvaise étoile » pour l'étoile de Vénus, traditionnellement associée à l'amour.

▸ Le quatrain suivant substitue à ces clichés romantiques l'expression d'un **désir plus charnel**, renvoyant directement aux manifestations corporelles, avec l'image de « la sève » qui « monte à la tête » et du baiser qui « palpite ».

III. Une scène de rencontre (v. 17-24, p. 42)

▸ La scène de rencontre **ne décrit pas la jeune fille**, ce qui est étonnant dans ce type de scène. Rimbaud insiste plutôt sur le décor assez trivial, avec la « clarté d'un pâle réverbère » qui remplace le cliché romantique de la lune, ou le « faux-col » du père qui signale son appartenance à la bourgeoisie.

- Le **seul élément de description** de la jeune fille se trouve dans le vers 22, où l'allitération en « t » suggère son caractère charmant et délicat, mais aussi un peu ridicule.

IV. La fin de l'idylle (v. 25-32, p. 43)

- Les deux derniers quatrains continuent de railler la **naïveté du jeune homme**, avec la répétition de « Vous êtes amoureux » en début de vers (v. 25 et 26), le pronom personnel « La » avec un « l » majuscule pour désigner la jeune fille, ou l'hyperbole « l'adorée ». Mais « Loué jusqu'au mois d'août » indique que cet amour est éphémère.
- Le retour en fin de poème des termes et formules du début achève de montrer qu'il ne s'est finalement rien passé : on revient au point de départ, tout n'a été qu'**imagination romanesque**.

> **À NOTER**
> Une **idylle** est à l'origine un poème chantant l'amour dans un cadre pastoral (entre des bergers et des bergères). Dans le langage courant, le terme est synonyme de relation amoureuse.

Conclusion

- Le poème semble donc renouer avec le lyrisme amoureux mais s'en démarque rapidement : l'amour est ici rêvé et à peine vécu, même s'il suscite des élans passionnés du « cœur fou ».
- Le jeune héros de ce poème peut être rapproché du personnage éponyme de *Madame Bovary* (1857) de Flaubert, elle aussi victime des illusions romanesques qu'engendre le moindre semblant de fantasme suscité par le premier venu.

3 Explication du poème 3 • « Le Dormeur du val »

Introduction

[Situation du texte] Ce poème, comme « Morts de Quatre-vingt-douze... », « Le Mal » ou « Rages de Césars » dans le premier des deux *Cahiers de Douai*, fait allusion à la guerre franco-prussienne. Mais, contrairement à ces poèmes, il possède un caractère universel qui explique son succès exceptionnel encore aujourd'hui. **[Problématique]** Bien que purement descriptif, ce texte suscite l'effroi et l'indignation grâce à un contraste saisissant entre le tableau d'une nature paisible, lumineuse, et le surgissement final d'une mort absurde.

I. La description d'un cadre bucolique (v. 1-4, p. 44)

- La nature est décrite de manière à créer un **sentiment de vie intense** : la rivière et la montagne sont personnifiées, l'une « chante » et l'autre se montre « fière ».
- La **sensation de vitesse** est exprimée par l'adverbe « follement » et renforcée par la répétition de la nasale « an/en » dans « chante », « accrochant », « follement », « argent ». Il s'en dégage une impression de profusion joyeuse.
- Le thème de la **lumière** est omniprésent : la métaphore des « haillons d'argent », qui désigne les éclaboussures de la rivière, est suivie de la mention du « soleil ». Au verbe « luit », mis en valeur par sa position au début du vers 4, répond le substantif « rayons » en fin du même vers. La nature apparaît intensément lumineuse.

II. Le portrait du jeune soldat (v. 5-8, p. 44)

- Le portrait du soldat, dans le second quatrain, poursuit dans la **même tonalité que le premier quatrain** ; la nature est toujours aussi colorée (« cresson bleu », « lit vert » de l'herbe) et lumineuse (« la lumière pleut »). Ce quatrain reprend également le **thème de la vie** : le soldat est « jeune », le cresson bleu est « frais ».
- Toutefois, un **élément inquiétant** apparaît : le soldat est « pâle », pâleur qui annonce le vers final révélant sa mort. Cet adjectif incite à relire tout le quatrain comme la description d'un corps gisant, ce qui sera accentué dans le tercet suivant.
- Le verbe « dort » en position de rejet introduit aussi une **discordance** au sein de la versification, d'autant plus frappante que les autres vers de ce second quatrain ont un rythme très régulier. Cela attire l'attention sur ce verbe, qui est ici un euphémisme désignant la mort du soldat.

> **CONSEIL**
> Il faut toujours **interpréter les observations formelles**. Ici, avant même de le dire explicitement, le poème montre dans sa forme que quelque chose rompt l'harmonie de cette nature idyllique.

III. Un étrange sommeil (v. 9-14, p. 44)

- Les deux tercets, à l'exception du dernier vers, insistent sur le **caractère paisible du soldat**, « souriant », immobile (« Les parfums ne font pas frissonner sa narine »), « tranquille ».
- Mais ce caractère paisible dissimule de moins en moins l'**idée de mort** : les glaïeuls font penser à une scène d'enterrement, son sourire est celui d'un « enfant malade », qui renvoie à la pâleur du deuxième quatrain, et « il a froid ». L'immobilité de la narine suggère de même que le corps est sans vie.
- La répétition de « il dort » (v. 9 et 13, qui rappelle le « dort » du vers 7) et l'expression synonyme « il fait un somme » (v. 10) rendent de plus en plus suspecte l'idée d'un simple sommeil. Le premier « il dort » est en position de rejet et, dans le dernier vers, l'adjectif « tranquille » est aussi en position de rejet. Comme dans le second quatrain, ces **discordances** dans la versification troublent l'impression d'harmonie paisible et **annoncent le dénouement**.
- L'énoncé final, saisissant dans son **dépouillement descriptif**, crée un effet de circularité : les « trous rouges » font écho au « trou de verdure » du premier vers : la blessure mortelle était annoncée dès le départ, la vie et la joie n'étaient qu'une illusion.

Conclusion

- Ce poème ne propose pas de façon explicite et directe un discours militant contre la guerre. Il joue entièrement sur l'émotion en laissant ses lecteurs face à l'effroi final du surgissement absurde de la mort.
- Il s'oppose ainsi à des poèmes plus nettement satiriques, voire didactiques, dans leur condamnation de la guerre, comme « Le Mal », et c'est sans doute ce caractère plus subtilement suggestif qui lui vaut sa notoriété.

4 Explication du poème 4 • « Ma Bohême »

Introduction

[Situation du texte] « Ma Bohême » constitue le dernier poème des *Cahiers de Douai*. Il s'agit d'un autoportrait symbolique du jeune poète assoiffé de liberté, rêvant de fuir le carcan familial et le monde bourgeois qui l'oppressent. **[Problématique]** Dans sa forme comme dans ses thèmes, le poème est marqué par un jeu avec les conventions pour mieux affirmer le désir de liberté et d'indépendance du poète fugueur.

I. Le vagabond en marche (v. 1-8, p. 46)

- Le texte exprime un **élan vital** d'abord par la présence, dans les deux quatrains, du thème du mouvement. Le verbe « aller » est répété aux vers 1 et 3 (« je m'en allais », « j'allais »), dépourvu de complément, ce qui indique que le mouvement est recherché pour lui-même. Cette **errance sans but** est une fuite éperdue loin de tout ce qui menace la liberté.
- La forme du poème exprime aussi cet élan vital, grâce aux **exclamations** du premier quatrain. Le rejet du vers 7, « des rimes », permet de déstructurer le rythme trop sage de l'alexandrin et exprime le désir de briser les conventions.
- Le poème reprend certains **codes du lyrisme** : l'invocation de la Muse (v. 3), les « amours splendides », ou encore les « étoiles au ciel ». Mais des **éléments familiers** viennent contrebalancer ce lyrisme, comme la mention du « large trou » de la « culotte », ou encore la tournure orale « Oh ! là ! là ! », en rupture de la tradition poétique qui exclut ce type d'exclamation.
- L'évocation des **étoiles** et du **ciel** permet de souligner que le poète habite l'univers entier, ce que souligne le possessif « mes étoiles ». Dormant à la belle étoile, refusant d'être assigné à résidence, le poète s'oppose à l'immobilité et à la quête du confort bourgeois.

II. Le poète à l'arrêt (v. 9-14, p. 46)

- Traditionnellement, un sonnet comporte une **frontière franche** entre les quatrains et les tercets mais, ici, la phrase commencée au v. 8 se poursuit jusqu'à la fin du poème. La forme fixe du sonnet est subvertie au profit d'une série d'images déconcertantes.
- La nature reste une **source d'inspiration** puisque le poète, désormais « assis » et non plus en mouvement, affirme « écout[er] » les étoiles et semble revigoré par les « gouttes de rosée ». Mais la nature devient plus **inquiétante**, peuplée d'« ombres fantastiques » qui introduisent un tercet final au lexique étonnant.
- L'activité poétique est en effet figurée par l'image des « élastiques » de souliers, comparés à des cordes de lyre par le poète, qui reprend une image très classique issue du mythe d'Orphée. La fin du dernier vers, qui associe le pied, symbole du marcheur, et le cœur, emblème traditionnel du discours amoureux, montre le **désir de modernisation du poète**, créant une image inédite.

À NOTER

Dans la mythologie grecque, le poète **Orphée** chante en s'accompagnant de sa lyre. Le récit le plus célèbre est sa descente aux Enfers pour tenter de ramener sa bien-aimée Eurydice.

Conclusion

- En mêlant tradition et innovation dans sa forme et ses thèmes, ce poème traduit le désir profond d'émancipation du jeune poète fugueur en quête de liberté.
- Mais son mélange de lyrisme et de désinvolture laisse également voir une part d'autodérision qui rend cet adolescent extraordinairement attachant.

4 Répondre à des questions de **grammaire**

12 Le verbe : formes et valeurs

Vous devez savoir reconnaître le mode et le temps d'un verbe, mais aussi expliquer l'emploi du mode et préciser la valeur du temps.

I Identifier le mode d'un verbe

■ On distingue les modes personnels et non personnels : un verbe à un mode personnel varie selon la **personne grammaticale**.

Modes non personnels

- **Infinitif :** *parler* (présent), *avoir parlé* (passé)
  « Où **courir** ? Où ne pas **courir** ? » Molière
- **Participe :** *parlant* (présent), *ayant parlé/parlé* (passé)
  « La Cigale **ayant chanté**/Tout l'été/Se trouva fort dépourvue/Quand la bise fut venue. » La Fontaine

Modes personnels

- **Indicatif :** l'action – située dans le passé, le présent ou le futur – est présentée comme certaine.
  « Il **est** certain que M. Duroy **a** un esprit original. » Maupassant
- **Subjonctif :** l'action est seulement envisagée.
  « Il se peut donc que tu ne **sois** pas bien à ton aise ? » Molière
- **Impératif :** l'action est ordonnée, conseillée.
  « Qu'avez-vous fait ? **Dis**-moi ! **Réponds**-moi ! **Parle**-moi ! » Hugo

À NOTER

Longtemps considéré comme un mode, le **conditionnel** est désormais classé comme **un temps de l'indicatif**. Il permet d'exprimer le futur à partir d'un moment du passé (valeur temporelle) ou une action soumise à une condition (valeur modale).

II Reconnaître le temps d'un verbe

1 Les temps de l'indicatif

Temps simples	Imparfait *je parlais*	Passé simple *je parlai*	Présent *je parle*	Futur *je parlerai*	Cond. présent *je parlerais*
Temps composés	Plus-que-parfait *j'avais parlé*	Passé antérieur *j'eus parlé*	Passé composé *j'ai parlé*	Futur antérieur *j'aurai parlé*	Conditionnel passé *j'aurais parlé*

2 Les temps du subjonctif et de l'impératif

- Le **subjonctif** présente deux temps simples (présent : *qu'il parle* ; imparfait : *qu'elle parlât*) et deux temps composés (passé : *qu'il ait parlé* ; plus-que-parfait : *qu'elle eût parlé*).

  « Que vouliez-vous qu'il **fît** ? » Molière [subjonctif imparfait]

- L'**impératif** ne connaît que deux temps : présent (*parle !*) et passé (*aie parlé !*).

  « **Regarde-moi** mon cher et **dis** quelle espérance [impératif présent]
  Pourrait bien me laisser cette protubérance ! » Rostand

3 La concordance des temps

- Il y a concordance des temps quand le temps d'un verbe dans une proposition **subordonnée** s'explique par le temps du verbe dans la **principale**.

  Je me **doute** bien que tôt ou tard vous me **direz** adieu.
  [présent dans la principale + futur dans la subordonnée]

  Je me **doutais** bien que tôt ou tard vous me **diriez** adieu.
  [imparfait dans la principale + cond. présent (= futur du passé) dans la subordonnée]

III Analyser la valeur d'un temps

1 Temps simples et temps composés

- Les temps composés indiquent que l'action est achevée (aspect **accompli**), les temps simples qu'elle est en cours de déroulement (aspect **inaccompli**).

  « Madame **se meurt** [inaccompli] ! Madame **est morte** [accompli] ! » Bossuet

2 Le présent de l'indicatif

- Il sert à exprimer une **action contemporaine de l'énonciation**.
- Il peut aussi exprimer un fait vrai de tout temps (présent de **vérité générale**).

  « Rien ne **sert** de courir, il **faut** partir à point. » La Fontaine

- Dans un récit au passé, il peut remplacer un temps du passé pour donner l'illusion que l'action se déroule en ce moment (présent de **narration**).

3 Le passé simple et l'imparfait

- Le **passé simple** s'emploie pour une action passée délimitée dans le temps (aspect **borné**). Il permet de rapporter les actions successives d'un récit.

  « Lol **quitta** S. Tahla, sa ville natale, pendant dix ans. » Duras

- L'**imparfait** s'emploie pour une action passée présentée dans son déroulement (aspect **non borné**). Il permet d'évoquer l'arrière-plan d'un récit.

  « Elle **restait** là, toujours recroquevillée, attendant, sans rien faire. » Sarraute

13 Les relations au sein de la phrase complexe

Une phrase simple comprend une seule proposition, alors qu'une phrase complexe en comprend plusieurs.

I Étudier une phrase complexe

1 Délimiter les propositions

■ Pour délimiter les propositions dans une phrase complexe, il faut **repérer les verbes** (associés à des sujets) et observer les mots ou les signes de ponctuation qui marquent les limites entre deux propositions.

> « [La mémoire de la plupart des hommes est un cimetière abandonné,] [**où** gisent sans honneurs des morts] [**qu'**ils ont cessé de chérir]. » Yourcenar
>
> Cette phrase complexe comprend 3 verbes, donc 3 propositions (entre crochets).

2 Analyser les liens entre deux propositions indépendantes

Des propositions qui conservent une certaine autonomie au sein de la phrase complexe sont dites **indépendantes**.

■ Elles sont **juxtaposées** si elles sont séparées par une virgule, un point-virgule ou un deux-points.

> « Je le vis**,** je rougis**,** je pâlis à sa vue. » Racine

■ Elles sont **coordonnées** si elles sont reliées par une conjonction de coordination (*mais, ou, et, donc, or, ni, car*) ou un adverbe de liaison (*puis, en effet, pourtant*...).

3 Reconnaître un lien de subordination

■ Ce lien existe quand on ne peut pas séparer deux propositions d'une phrase complexe. On distingue alors la **proposition principale** et la **proposition subordonnée**, en général introduite par un mot subordonnant.

> **À NOTER**
> On peut **juxtaposer ou coordonner** non seulement des propositions indépendantes, mais aussi des propositions subordonnées ayant la même fonction.

II Analyser une proposition subordonnée

1 Identifier la nature d'une subordonnée

■ Pour identifier la nature d'une subordonnée, il faut **observer le subordonnant**.

Mot subordonnant	Nature de la subordonnée
conjonction de subordination *que, quand, comme*...	subordonnée conjonctive « Je sais seulement [**qu'**il est l'homme du monde le plus malheureux et le plus à plaindre]. » La Fayette

mot interrogatif *si, ce que, comment, pourquoi…*	subordonnée interrogative indirecte « Je ne sais [**si** je m'abuse], mais il me semble que le véritable amour est le plus chaste de tous les liens. » Rousseau
pronom relatif *qui, que, dont, où, lequel…*	subordonnée relative « Et mon âme abattue Cède au coup [**qui** me tue]. » Corneille
pas de mot subordonnant	subordonnée participiale : sujet + participe « Et [le souper fini], nous nous fûmes coucher. » Molière
	subordonnée infinitive : sujet + infinitif « On entendait juste [l'eau du robinet s'écouler sur des fraises dans une passoire]. » Ernaux

À NOTER
Parmi les mots subordonnants, seul le **pronom relatif** exerce une fonction au sein de la proposition subordonnée.

2 Identifier la fonction d'une subordonnée

■ Pour identifier la fonction d'une subordonnée, il faut s'interroger sur son rôle. Voici les fonctions principales que peut remplir une subordonnée, selon sa nature.

Nature de la subordonnée	Fonction
conjonctive → FICHE 15	sujet, complément d'objet => subordonnée complétive
	complément circonstanciel => subordonnée circonstancielle
interrogative indirecte → FICHE 16	COD
relative (adjective) → FICHE 14	épithète ou apposée
participiale	complément circonstanciel
infinitive	COD

14 Les propositions subordonnées relatives

Une proposition subordonnée relative est introduite par un pronom relatif. Elle joue le plus souvent le même rôle qu'un adjectif dans un groupe nominal.

I Repérer une proposition subordonnée relative

1) Reconnaître un pronom relatif

- Le pronom relatif peut être simple (*qui, que, quoi, dont, où*) ou composé (*lequel, auquel, duquel...*).
- Sa forme varie selon la fonction qu'il occupe dans la relative.

Fonctions	Formes	Exemple
sujet	*qui, lequel*	« Et mon âme abattue Cède au coup [**qui** me tue]. » Corneille
• **COD** • **attribut du sujet**	*que*	« Toute faute [**qu'**on fait] est un cachot [**qu'**on s'ouvre]. » Hugo
COI introduit par *à*	*à qui, à quoi, auquel*	« Il y avait en Westphalie un jeune garçon [**à qui** la nature avait donné les mœurs les plus douces]. » Voltaire
complément (COI, C. du nom...) **introduit par *de***	*dont, duquel*	« L'art est une démonstration [**dont** la nature est la preuve]. » Sand
complément (COI, CC) **introduit par une autre prép.**	*où*, prép. + *qui/quoi*, prép. + *lequel*	« Voilà l'état [**où** sont les choses] à l'heure que je vous parle. » La Fayette

CONSEIL

Distinguez bien le pronom relatif ***que*** (*Le chat **que** je vois.*) de la conjonction de subordination ***que*** qui introduit une proposition conjonctive (*Je vois **que** ce chat*).

2) Identifier l'antécédent du pronom relatif

L'antécédent est le mot ou le groupe de mots que remplace un pronom relatif.

- Si le pronom relatif a un antécédent (nom, GN ou pronom), la relative est adjective.

> « Je forme une entreprise [**qui** n'eut jamais d'exemple], et [**dont** l'exécution n'aura point d'imitateur]. » Rousseau

Les pronoms relatifs « qui » et « dont » ont pour antécédent « une entreprise », les deux relatives caractérisent le nom « entreprise » comme le ferait un adjectif.

■ Si le pronom relatif n'a **pas d'antécédent**, la relative est **substantive**. Elle joue le même rôle qu'un GN.

> « [**Qui** ne voit pas la vanité du monde] est bien vain lui-même. » Pascal
> Le pronom relatif « qui » n'a pas d'antécédent ici. La relative équivaut à un GN.

À NOTER
Une relative substantive peut être également introduite par ***quiconque*** ou par ***ce que*** ou ***ce qui*** : « je ne puis refuser mon cœur à tout **ce que** je vois d'aimable » (Molière).

II Déterminer la fonction d'une subordonnée relative

1 La subordonnée relative adjective

■ La relative adjective possède les **mêmes fonctions que l'adjectif** dans un GN.

Fonctions de la relative adjective

- **épithète** si elle détermine le nom et ne peut être supprimée sans changer le sens.
  « ... il n'est point dans la nature de fuir les gens [**que** l'on aime] et [**qui** nous aiment] ! » Dumas
  [« les gens » = tout le monde ;
  « les gens que l'on aime et qui nous aiment » = certaines personnes]
- **apposée** si elle a une valeur descriptive ou explicative, et peut être supprimée sans changer le sens.
  « En promenade, il causait avec le domestique, [**qui** était de la campagne comme lui]. » Flaubert
  [« le domestique »
  = « le domestique qui était de la campagne comme lui »]

2 La subordonnée relative substantive

■ La relative substantive possède les **mêmes fonctions qu'un GN**.
Elle peut donc être sujet, COD, COI, CC, etc.

> « Choisis [**qui** tu voudras], Chimène, et choisis bien. » Corneille
> La subordonnée relative est COD du verbe « choisis ».

III Étudier le mode dans la subordonnée relative

■ La relative est le plus souvent à l'**indicatif**.

■ Le **subjonctif** apparaît quand l'existence de la chose désignée n'est pas certaine.

Je cherche un endroit qui me **plaît**. [Un tel endroit existe.]

Je cherche un endroit qui me **plaise**. [On ne sait pas si un tel endroit existe.]

15 Les propositions subordonnées conjonctives

Une proposition subordonnée conjonctive est introduite par une conjonction de subordination. Selon la fonction qu'elle occupe, elle est complétive ou circonstancielle.

I Analyser une subordonnée conjonctive complétive

1) Reconnaître une conjonctive complétive

■ Une subordonnée conjonctive complétive est introduite par la conjonction de subordination ***que*** ou les locutions conjonctives ***à ce que***, ***de ce que***.

Il me semble parfois [**que** je n'existe pas vraiment].

Je m'attends [**à ce qu'**elle m'annonce une catastrophe].

2) Indiquer sa fonction

■ Comme son nom l'indique, la subordonnée conjonctive complétive est le plus souvent COD ou COI.

« Je sens [**que** des oiseaux sont ivres
D'être parmi l'écume inconnue et les cieux] ! »
Mallarmé

La subordonnée est COD. On ne peut pas la supprimer, mais on peut la transformer en pronom personnel COD (Je le sens !).

À NOTER
Une conjonctive complétive peut être aussi sujet (***Qu'****il vienne serait une belle surprise*) ou complément d'une forme impersonnelle (*Il faut* ***que*** *tu viennes*).

II Analyser une subordonnée conjonctive circonstancielle

1) Reconnaître une conjonctive circonstancielle

■ Une subordonnée conjonctive circonstancielle équivaut à un GN complément circonstanciel. Comme lui, elle peut être supprimée.

2) Préciser la circonstance exprimée

Circonstance	Conjonction de subordination	Exemple
temps	*quand, avant que...*	« Ah ! [**Quand** je vous parle de moi], je vous parle de vous. » Hugo
but	*pour que, afin que... de peur que...*	«... [**pour que** vous vous intéressiez à moi], il faut que je vous parle de vous. » Duras

cause	*parce que, puisque, comme…*	« [**Parce que** vous êtes un grand seigneur], vous vous croyez un grand génie ! » Beaumarchais
conséquence	*de sorte que, si bien que, tellement… que…*	« C'était **tellement** simple et probable [**que** tout le monde en fut d'accord]. » Maupassant
comparaison	*comme, autant que…*	« Il pleure dans mon cœur [**Comme** il pleut sur la ville] » Verlaine
opposition concession	*alors que, tandis que* *bien que, quoique…*	« [**Quoiqu**'elle fût dans une extrême jeunesse], l'on avait déjà proposé plusieurs mariages. » La Fayette
condition	*si, à condition que, à supposer que…*	« [**Si** mon ouvrage est bon], il vous fera plaisir ; [**s**'il est mauvais], il ne fera point de mal. » Diderot

CONSEIL
Distinguez la **conjonction *si*** introduisant une subordonnée CC de condition (***Si** elle vient, nous la verrons*) et l'**adverbe interrogatif *si*** introduisant une interrogative indirecte (*Je me demande **si** elle vient*).

III Étudier le mode dans une subordonnée conjonctive

- Le verbe d'une subordonnée conjonctive est **à l'indicatif ou au subjonctif**. Le subjonctif apparaît pour signaler que l'action est seulement envisagée.
- Pour **justifier l'emploi du mode**, on analyse – selon le type de conjonctive – le verbe principal ou le mot subordonnant.

Subordonnée	Mot observé	Exemple
conjonctive complétive	le verbe dont la subordonnée est complément	« Burrhus, dans ce palais je veux [qu'on la retienne]. » Racine [Le verbe principal exprime la volonté → subordonnée au subjonctif.]
conjonctive circonstancielle	le mot subordonnant	« Une minute plus tard, [sans que nous eussions échangé d'autres paroles], elle pleurait… » Colette [*Sans que* est suivi du subjonctif.]

16 L'interrogation

Une interrogation peut être directe ou indirecte (selon sa construction syntaxique), totale ou partielle (selon sa portée sémantique). Elle peut appeler une réponse ou non (quand on l'étudie sur le plan pragmatique).

I Distinguer l'interrogation directe et l'interrogation indirecte

1) Reconnaître une interrogation directe

- On parle d'interrogation directe quand la phrase se termine par un **point d'interrogation**.

- Cette phrase présente alors souvent une **inversion de l'ordre sujet-verbe**.

Mais il faut distinguer deux types d'inversion :
- l'inversion simple (verbe + sujet inversé) ;

« Comment peut-on être persan ? » Montesquieu

- l'inversion complexe (sujet + verbe + pronom de reprise du sujet).

Comment Orgon peut-il être aveugle à ce point ?

À NOTER

On n'inverse pas le sujet :
- quand le pronom interrogatif *qui* est le sujet du verbe (« Qui remue là entre les branches ? », Musset) ;
- avec la locution *est-ce que* ;
- à l'oral, quand l'interrogation est simplement marquée par l'intonation.

2) Reconnaître une interrogation indirecte

- On parle d'interrogation indirecte quand la question posée est **rapportée** sous la forme d'une **proposition subordonnée**. Celle-ci complète un verbe exprimant une demande d'information (*demander, ignorer, ne pas savoir*…).

Je me demande [**quelles** sont ses intentions].

II Distinguer l'interrogation totale et l'interrogation partielle

1) L'interrogation totale

- L'interrogation est totale lorsque la question **porte sur l'ensemble de la phrase** et que la réponse attendue est oui ou non.

Cet événement modifiera-t-il le cours des choses ?

- **Formulée de manière indirecte**, une interrogation totale devient une subordonnée interrogative indirecte introduite par l'adverbe interrogatif ***si***.

On ne sait pas [**si** cet événement modifiera le cours des choses].

2 L'interrogation partielle

- L'interrogation est partielle lorsque la question **porte sur un élément de la phrase**. Elle est toujours introduite par un mot interrogatif, que l'interrogation soit directe ou indirecte.

  « **Qu'**entends-je ? **Qui** remue là entre les branches ? » Musset

  Je me demande **ce que** j'entends, **qui** remue là entre les branches.

- Les **mots interrogatifs** peuvent être classés selon leur nature.

Nature	Mots interrogatifs	Exemple
pronom	*qui, que, quoi, lequel... ce qui, ce que*	« Pour **qui** sont ces serpents qui sifflent sur vos têtes ? » Racine
déterminant	*quel* (accordé avec le nom auquel il se rapporte)	« J'ignore **quel** conseil prépara ma disgrâce » Racine
adverbe	*où, quand, comment, pourquoi, combien*	« Je ne sais **pourquoi**/ Mon esprit amer/ D'une aile inquiète et folle vole sur la mer. » Verlaine

CONSEIL
Distinguez bien le pronom interrogatif (*Je me demande **qui** parle*) et le pronom relatif (*Je ne connais pas la personne **qui** parle*). La relative peut être plus facilement supprimée.

III Étudier la dimension pragmatique d'une interrogation

Il faut se demander de quelle manière **l'interrogation agit** sur l'interlocuteur.

1 L'interrogation appelle une réponse

Une interrogation peut demander une **réponse de type oui/non** pour l'interrogation totale ou une **précision** pour l'interrogation partielle.

2 L'interrogation n'appelle pas de réponse

- Dans la question rhétorique, une **déclaration** est déguisée en interrogation.

  « Ah ! Fallait-il en croire une amante insensée ?
  Ne devais-tu pas lire au fond de ma pensée ? » Racine

- Un **ordre** peut aussi se présenter, de manière indirecte, sous forme de question.

  « – Êtes-vous de la rue ? – Oui, pourquoi ? – Pourriez-vous m'indiquer le numéro 7 ? » Hugo

  [Le locuteur n'attend pas une réponse en oui ou non, mais l'indication demandée.]

17 L'expression de la négation

Il faut distinguer la négation lexicale de la négation syntaxique et savoir comment chacune se forme.

I Distinguer la négation lexicale et la négation de phrase

1) La négation lexicale

- Elle consiste à former le **contraire d'un mot** (antonyme), en utilisant :

– un **préfixe** privatif : **a**pesanteur, **dé**plaisant, **il**logique, **mal**heureux…
– l'adverbe ***non*** avec un trait d'union : la **non**-violence, **le non**-respect devant un substantif.

2) La négation de phrase

- Elle consiste à exprimer le **contraire d'une phrase positive**, à l'aide d'un adverbe négatif associé ou non à d'autres mots.

Négation = un seul mot	adverbe ***ne*** dans des formules figées et avec les verbes *oser, pouvoir, savoir…* « Les vers chantent pour moi ce que dire je **n**'ose. » Du Bellay
	adverbe ***non*** utilisé comme noyau d'une proposition « VLADIMIR. – Et ce n'est pas fini. ESTRAGON. – On dirait que **non**. » Beckett
Négation = locution négative	*ne* + adverbe (*pas, point, plus, guère, jamais…*) « On **ne** naît **pas** femme : on le devient. » Beauvoir
	ne + pronom (*rien, personne*) ou déterminant (*aucun, nul*) « Mon oncle, il **ne** faut jurer de **rien**, et encore moins défier **personne**. » Musset
	ne + conjonction de coordination *ni* «… je **ne** me pique **ni** de fermeté, **ni** de philosophie ; mon cœur me mène et me conduit… » Sévigné

À NOTER
En langage soutenu, un ***ne*, dit explétif**, peut être employé sans valeur négative dans certaines propositions subordonnées.
*Je crains qu'il **ne** vienne. = Je crains qu'il vienne.*

II Indiquer la portée d'une négation

1) La négation totale

- La négation est totale quand elle nie un énoncé dans sa **totalité** en utilisant les adverbes ***ne… pas*** ou des variantes comme ***ne… point***.

« Va, je **ne** te hais **point**. » Corneille
[négation totale de la phrase « Je te hais. »]

2) La négation partielle

- La négation est partielle quand elle porte sur **un des éléments** de la phrase.

Négation partielle portant sur…

- **un pronom**
  « Je **ne** demande **rien** à l'immense univers » Lamartine
  [négation de « Je demande quelque chose… »]
- **un déterminant**
  « **Aucun** homme **n'**a reçu de la nature le droit de commander aux autres. » Diderot
  [négation de « Certains hommes ont reçu… »]
- **un adverbe**
  « Rome **n'**est **plus** dans Rome, elle est toute où je suis. » Corneille
  [négation de « Rome est encore dans Rome… »]

3) La négation restrictive

- Construite avec ***ne… que***, elle permet d'exprimer une exception.

« On **n'**est heureux **que** par des goûts et des passions satisfaites. » Du Châtelet

III Étudier les valeurs de la négation

On distingue trois valeurs.

- La négation **descriptive** consiste simplement à nier quelque chose (valeur la plus courante).
- La négation **polémique** répond à une phrase positive implicite ou présupposée.

« La démocratie, ce **n'**est **pas** la loi de la majorité, **mais** la protection de la minorité. » Camus
La phrase nie la définition traditionnelle « La démocratie est la loi de la majorité ».

- La négation **métalinguistique** conteste l'usage d'un terme non pour le nier mais pour l'accentuer.

« Non, je **ne** t'aime **pas**. […] Je t'adore ! » Rostand

1 Délimiter la subordonnée

- Repérer le **mot subordonnant** qui introduit la proposition (hors le cas d'une infinitive ou d'une participiale).
- Vérifier que la proposition relevée comprend un **verbe noyau** associé à un sujet.

ANALYSER

4 Analyser le mode du verbe dans la subordonnée

Dans une subordonnée conjonctive ou relative, le verbe peut être **à l'indicatif ou au subjonctif**.

À l'indicatif	Au subjonctif
Les faits sont présentés comme certains.	Les faits sont seulement envisagés.
Ex. : « [Parce que vous êtes un grand seigneur], vous vous croyez un grand génie ! » Beaumarchais	Ex. : « Burrhus, dans ce palais je veux [qu'on la retienne]. » Racine

2 Indiquer la nature de la subordonnée

Mot subordonnant	Nature de la subordonnée
conjonction de subordination *que, quand, comme…*	conjonctive
mot interrogatif *si, ce que, comment, pourquoi…*	interrogative indirecte
pronom relatif *qui, que, dont, où, lequel…*	relative
pas de mot subordonnant	participiale
	infinitive

UNE PROPOSITION SUBORDONNÉE

3 Indiquer la fonction de la subordonnée

La subordonnée complète…	Fonction de la subordonnée
un nom	épithète ou apposée
un verbe (de manière obligatoire)	complément d'objet
une phrase (de manière facultative)	complément circonstanciel (de temps , de cause, de but…)

Une subordonnée complément d'objet est dite **complétive**.
Sa nature peut varier : conjonctive, interrogative indirecte ou infinitive.

OBJECTIF BAC

La première partie de l'épreuve orale du bac de français se clôt par une question de grammaire portant sur une phrase ou une partie de phrase du texte que vous aurez expliqué. Vous avez deux minutes pour y répondre.

Voici cinq questions de grammaire types sur des extraits des *Cahiers de Douai*.

1 Analyser une proposition subordonnée relative

→ FICHE 14

Dans ce début de strophe, relevez et analysez la proposition subordonnée relative.

« Sur l'onde calme et noire où dorment les étoiles
La blanche Ophélia flotte comme un grand lys »

« Ophélie », v. 1-2.

LES CLÉS POUR RÉUSSIR

1 Délimitez la subordonnée relative

- Relevez le pronom relatif et indiquez sa fonction.
- Citez la subordonnée relative qu'il introduit, en indiquant le verbe noyau.

2 Cherchez l'antécédent du pronom relatif

- Cherchez si le pronom relatif représente un groupe nominal. Si oui, dites lequel.
- Vous pouvez en déduire si la relative est adjective ou substantive.

3 Précisez la fonction de la relative

- Si la subordonnée relative est adjective, est-elle épithète ou apposée ?

2 Analyser une subordonnée conjonctive circonstancielle

→ FICHE 15

Dans ce début de strophe, relevez et analysez la proposition subordonnée conjonctive circonstancielle.

« Et, comme elle vous trouve immensément naïf,
Tout en faisant trotter ses petites bottines,
Elle se tourne, alerte et d'un mouvement vif… »

« Roman », v. 21-23.

LES CLÉS POUR RÉUSSIR

1 Délimitez la subordonnée circonstancielle

- Autour de quel verbe est construite la subordonnée introduite par la conjonction de subordination « comme » ?
- Citez-la en entier. Relevez également la proposition principale qui la régit.

2 Précisez la circonstance exprimée

- Cette subordonnée joue le rôle d'un complément circonstanciel : quelle circonstance exprime-t-elle ? Attention, la conjonction « comme » a plusieurs sens.

3 Commentez le mode et le temps du verbe

- Analysez le mode et le temps du verbe de cette subordonnée circonstancielle.

3 Analyser une interrogation directe

→ FICHE 16

Analysez la phrase interrogative.

« Or, n'est-ce pas joyeux de voir, au mois de juin
Dans les granges entrer des voitures de foin
Énormes ? »

« Le Forgeron », v. 29-31.

LES CLÉS POUR RÉUSSIR

1 L'interrogation est-elle directe ou indirecte ?

- Observez la ponctuation finale de la phrase.
- Observez également l'ordre sujet-verbe dans la phrase.

2 Analysez la portée de l'interrogation

- L'interrogation est-elle totale ou partielle ?
- Justifiez en indiquant quel type de réponse est attendu.

3 Commentez la forme interro-négative

- Relevez la locution négative qui fait de cette interrogation une interro-négative.
- S'agit-il d'une interrogation rhétorique ? Dites comment on peut le savoir.

4 Analyser une interrogation indirecte

→ FICHE 16

Dans ces trois vers, relevez et analysez une interrogation indirecte.

« Hurrah ! Les gais danseurs, qui n'avez plus de panse !
On peut cabrioler, les tréteaux sont si longs !
Hop ! qu'on ne sache plus si c'est bataille ou danse ! »

« Bal des pendus », v. 13-15.

LES CLÉS POUR RÉUSSIR

1 Repérez l'interrogation indirecte

- Quel verbe exprime un manque d'information ? La proposition subordonnée qui le complète est une interrogative indirecte COD.
- À quelle interrogation directe correspond-elle ?

2 Analysez la portée de l'interrogation

- L'interrogative est-elle totale (réponse par « oui » ou « non ») ou partielle ?
- En cas d'interrogation partielle, précisez la nature du mot interrogatif.

3 Étudiez la concordance des temps

- Le verbe principal est-il au présent ou au passé ?
- À quel temps de l'indicatif est alors le verbe de la subordonnée pour exprimer un fait contemporain à celui exprimé par le verbe principal ?

5 Analyser l'expression de la négation

→ FICHE 17

Analysez l'expression de la négation dans ces deux vers.

« Tu fermeras l'œil, pour ne point voir, par la glace,
Grimacer les ombres des soirs »

« Rêvé pour l'hiver », v. 5-6.

LES CLÉS POUR RÉUSSIR

1 Distinguez les négations lexicale et syntaxique

- Relevez une locution négative.
- Vous pouvez en déduire qu'il s'agit d'analyser une négation syntaxique et non une négation lexicale.

2 Analysez la portée de la négation

- La négation est-elle totale ou partielle ?
- Justifiez votre réponse en indiquant de quelle phrase positive la phrase négative exprime le contraire.

3 Étudiez la construction de la négation

- De quels mots est composée la locution négative ?
- Commentez leur place dans la phrase.

OBJECTIF BAC

1 Analyser une proposition subordonnée relative

- On relève la **proposition subordonnée relative** suivante : « **où** dorment les étoiles ». Elle est introduite par le **pronom relatif** « où », qui est **complément circonstanciel de lieu.**
- Le pronom « où » représente le GN « l'onde calme et noire ». La relative est adjective, épithète du nom « onde ».

2 Analyser une subordonnée conjonctive circonstancielle

- Dans cette phrase, on relève une **subordonnée conjonctive** organisée autour du verbe « trouve » et introduite par la conjonction de subordination « comme » : « **comme** elle vous trouve immensément naïf ».

Elle dépend de la proposition principale : « Tout en faisant trotter ses petites bottines, / Elle se tourne, alerte et d'un mouvement vif... ».

- Cette subordonnée exprime la **cause** : elle est CC de cause.
- Le verbe de cette subordonnée est au **présent de l'indicatif.**

> **À NOTER**
> Le mode de la subordonnée de cause est habituellement l'indicatif. La subordonnée peut être au subjonctif si la cause est niée, après « non que », ou « non pas que » : « Il ne vient pas, non qu'il n'en ait pas envie, mais parce qu'il est occupé. »

3 Analyser une interrogation directe

- La phrase se termine par un **point d'interrogation** : il s'agit donc bien d'une interrogation directe. On observe également que **l'ordre sujet-verbe** est **inversé** selon une inversion simple : « n'est-ce pas ».
- L'interrogation est **totale.** En effet, la réponse attendue est du type : « Si, il est joyeux de voir... » ou « Non, il n'est pas joyeux de voir... »
- Dans cette interrogation, le verbe est encadré par la locution négative « ne... pas » : on a donc affaire à une **interro-négative.** Il s'agit d'une question rhétorique : le forgeron ne s'attend pas à ce que le roi réponde ; la question équivaut à une affirmation.

4 Analyser une interrogation indirecte

- Dans cette phrase complexe, le verbe principal accompagné de la locution négative, « ne sache plus », exprime un manque d'information ; il est suivi d'une subordonnée **interrogative indirecte COD**, introduite par « si ». Celle-ci correspond à cette interrogation directe : « Est-ce bataille ou danse ? »
- L'interrogation – **totale** – porte sur l'ensemble de la phrase. Le mot qui l'introduit, « si », est un adverbe interrogatif.
- Le verbe principal est au présent du subjonctif. Le subjonctif permet ici d'exprimer un ordre, il est l'équivalent d'un impératif (« Ne sachons plus ! »). Le verbe de la subordonnée est au **présent de l'indicatif** pour exprimer un **fait contemporain** à celui exprimé par le verbe principal : c'est ce qu'on appelle la concordance des temps.

5 Analyser l'expression de la négation

- On note la présence de la **locution négative** « ne… point ». Il s'agit d'une négation syntaxique et non d'une négation lexicale.
- La négation est **totale**. L'expression négative exprime en effet le contraire de cette expression positive : « Tu fermeras l'œil, pour voir, par la glace ».
- La locution négative comprend **deux mots** : « ne » et « point », qui précèdent tous deux le verbe à l'infinitif.

5 Analyser le thème du **parcours** : « Émancipations créatrices »

18 Remises en cause et émancipations

S'émanciper, étymologiquement, c'est se libérer de la tutelle du père : symboliquement, c'est s'affranchir de toute autorité. La contestation de l'ordre établi et la soif de liberté qui s'expriment dans les Cahiers de Douai *aboutissent à une création poétique célébrant le mouvement, la révolte, le surgissement des désirs. La poésie du jeune Rimbaud s'inscrit ainsi dans le sillage du romantisme qu'il prolonge et dépasse.*

I Une émancipation collective : créer une nouvelle société

1) L'éloge de l'insurrection

- Quelques mois après avoir écrit les poèmes des *Cahiers de Douai*, où il peint la misère du peuple, notamment dans « Les Effarés », Rimbaud s'enthousiasme pour **la Commune**, révolte du peuple parisien par les armes pour résister au pouvoir en place.
- **« Le Forgeron »** faisait déjà l'éloge de l'insurrection : le poème évoque un forgeron qui s'adresse au roi en 1792, alors que le peuple s'empare des Tuileries. **Louis XVI y représente Napoléon III**, que Rimbaud semble apostropher pour lui montrer la misère et l'injustice que le peuple subit.
- Cette mise en scène de l'**émancipation du peuple par lui-même** est un thème cher aux romantiques : le roman *Les Misérables* (1862) de Victor Hugo a par exemple pour arrière-plan historique l'insurrection de juin 1832 à Paris.

2) La promotion des marginaux

L'émancipation collective passe aussi par la création de **nouvelles façons de vivre**, dans les marges de la société.

- La **misère du vêtement**, par exemple les « haillons » des enfants dans « Les Effarés » (v. 24), devient le signe revendiqué de la marginalité pour celui qui se dit « débraillé comme un étudiant » (« À la musique », v. 25).
- La **figure du bohémien** est essentielle dans le recueil : on la retrouve dans « Sensation » (v. 7) et dans le titre de « Ma Bohême ». Les bohémiens constituent un groupe à part, une nouvelle société, miroir inversé de la société bourgeoise.
- On retrouve cette figure dans d'autres poèmes de l'époque, par exemple dans « Bohémiens en voyage » (Baudelaire, *Les Fleurs du mal*, 1857) ou « Grotesques » (Verlaine, *Poèmes saturniens*, 1866). Le bohémien y incarne la liberté, la marginalité, mais aussi la création, en particulier la musique. En ce sens, il est souvent une **représentation du poète**.

CITATION

« C'est que, sur leurs aigres guitares
Crispant la main des libertés,
Ils nasillent des chants bizarres,
Nostalgiques et révoltés »

Verlaine, « Grotesques ».

II Une émancipation individuelle : se créer soi-même

1 L'expression du désir comme affirmation de soi

- Dans une société bourgeoise à la sexualité taboue et conçue dans l'unique cadre de l'institution du mariage, l'expression du désir est une manière de s'émanciper. Le lien entre désir et liberté est ainsi évident dans « Au Cabaret-Vert » ou « La Maline », poèmes les plus explicites sur la fugue de Rimbaud à Charleroi : la sensualité permet de contester l'ordre bourgeois.

- C'est surtout à partir de Baudelaire que la poésie fait de plus en plus de place à l'érotisme pour y associer la liberté. Cette association culminera dans la poésie surréaliste de Desnos ou d'Éluard, chez qui le désir amoureux coïncide avec le désir de révolution politique et poétique.

À NOTER
Apollinaire, précurseur du surréalisme, explore le thème de la sensualité dans ses ***Poèmes à Lou*** : le poème « Mon très cher petit Lou » est une évocation sans tabou du corps de la femme aimée.

2 Création poétique et réinvention de soi

- Rimbaud incarne le poète qui a fui le confort bourgeois. La création poétique découle de cette émancipation, comme l'exprime « Ma Bohême » : il faut être dans le complet dénuement pour pouvoir écrire, pour s'inventer comme poète.

- Il faut aller « loin, bien loin » (« Sensation ») : s'éloigner physiquement et moralement, quitter sa maison mais aussi les idées et les mœurs de son milieu d'origine. Nombreux sont les artistes à avoir considéré l'éloignement du monde comme condition à la création. Baudelaire intitule ainsi un poème « Any Where Out of the World » (« N'importe où hors du monde ») *(Le Spleen de Paris)*.

zoOm

Les bohémiens, figures de la liberté

On appelait autrefois bohémiens (nom dérivé de la « Bohême », région d'Europe centrale) les Tziganes, aujourd'hui nommés les Roms. Souvent perçus comme un symbole de liberté et de création, ces peuples nomades ont beaucoup inspiré les poètes et les peintres, comme ici Van Gogh.

Vincent Van Gogh, *Les Roulottes* (1888).

19 Travail sur la langue et création d'un monde

Si les innovations formelles des Cahiers de Douai *restent timides, elles s'inscrivent dans un renouvellement de la langue poétique qui exprime une nouvelle vision du monde, plus subjective, qui préfigure les audaces d'*Une saison en enfer *et des* Illuminations, *et annonce la poésie surréaliste.*

I L'émancipation du langage poétique

1 La modernité baudelairienne

- À partir des *Fleurs du mal* (1857), la poésie tend à expérimenter les pouvoirs du langage : c'est la **modernité poétique**. Baudelaire revendique le **droit, pour la poésie, de s'émanciper de la morale** en abordant des thèmes comme la prostitution ou le satanisme.

- On trouve le thème de la **prostitution** dans « Venus Anadyomène » et celui de la **danse macabre** de squelettes entraînant les vivants dans la mort dans « Bal des pendus ». Ce thème pictural, très courant au Moyen Âge, a été également repris par Baudelaire dans *Les Fleurs du mal*.

2 L'invention formelle de Rimbaud

- Si le recueil des *Fleurs du mal* révolutionne la poésie sur le plan thématique, il n'est **pas radicalement novateur sur le plan formel**. Rimbaud juge sévèrement Baudelaire sur ce point (lettre du 15 mai 1871 à Demeny) :

> « Baudelaire est le premier voyant, roi des poètes, *un vrai Dieu*. Encore a-t-il vécu dans un milieu trop artiste ; et la forme si vantée en lui est mesquine : les inventions d'inconnu réclament des formes nouvelles. »

- Dans les *Cahiers de Douai*, Rimbaud apporte **quelques variations au sonnet** : il recourt souvent à des rimes différentes entre les deux quatrains, par exemple dans « Le Buffet ». La **versification** est également **assouplie** par des enjambements et autres discordances (→ **fiche 10**). La ponctuation permet aussi de fragmenter le vers, comme dans « L'Éclatante Victoire de Sarrebrück » (v. 12-14) :

> « Un schako[1] surgit, comme un soleil noir… – Au centre,
> Boquillon[2] rouge et bleu, très naïf, sur son ventre
> Se dresse, et, – présentant ses derrières – : "De quoi ?…" »

À NOTER
C'est dans ***Le Spleen de Paris*** (1869, éd. posthume) que **Baudelaire** révolutionne la forme poétique en popularisant le **poème en prose** inventé par Aloysius Bertrand (1807-1841). Rimbaud adoptera cette forme dans *Une saison en enfer* et les *Illuminations*.

1. **Schako :** chapeau militaire à visière noire vernie. 2. **Boquillon :** soldat naïf à l'uniforme rouge et bleu. Le personnage apparaît dans *La Lanterne de Boquillon*, journal satirique fondé en août 1868.

II Subjectivité et nouvelle vision du monde

Mais l'émancipation du langage poétique, chez Rimbaud, consiste surtout à créer son propre monde, à affirmer sa vision subjective contre les clichés dominants.

1 L'évocation d'un monde de liberté

- L'univers du poète est un monde de sensations nouvelles (« Sensation »), de rencontres au cours de son errance (« Au Cabaret-Vert »), de découvertes permises par l'exploration libre du réel (« Ma Bohême »). C'est un monde de liberté, de désirs, de rêves et de révoltes.
- « Soleil et chair » annonce ce monde, où l'être humain est « libre de tous ses Dieux » (v. 68), et qui vibre « comme une immense lyre / Dans le frémissement d'un immense baiser » (v. 79-80).

2 L'invention de nouvelles réalités

- Si on ne trouve pas dans les *Cahiers de Douai* les fulgurances du « Bateau ivre » (écrit à la fin de l'été 1871), certains poèmes indiquent déjà un désir de s'émanciper des représentations communes à travers des images inhabituelles : les « ombres fantastiques » de « Ma Bohême » ou le baiser telle une « folle araignée » de « Rêvé pour l'hiver ». Dans le second quatrain de ce dernier poème, on trouve aussi les images confuses et agressives observées par la fenêtre du train : « ombres des soirs », « monstruosités hargneuses », « démons noirs » et « loups noirs ».
- Ces images, qui semblent sorties d'un cauchemar, annoncent le mouvement surréaliste. Cherchant de nouvelles réalités du côté du rêve et de l'inconscient, les surréalistes tenteront en effet de libérer l'esprit, de l'émanciper du rationalisme.

À NOTER
René Char (1907-1988), surréaliste à ses débuts, est très influencé par Rimbaud. Il lui dédie le poème « Tu as bien fait de partir, Arthur Rimbaud ! » (*Fureur et mystère*, 1948).

zoOm

Rimbaud en chanson

Rimbaud inspire la poésie et la chanson. Contestataire, provocatrice, féministe, la chanteuse Brigitte Fontaine (née en 1939) utilise la figure du poète pour se définir avec humour :

« Je suis sale comme Rimbaud
Je suis lâche comme Villon
Débauchée comme Hugo
Syphilitique comme Baudelaire
Mais peut-être après tout
N'aimez-vous pas la poésie »

« Comme Rimbaud » (1968). Auteur : Brigitte Fontaine. Compositeur : Olivier Bloch-Lainé.

20 Texte écho 1. Apollinaire, « Marie »

Dans Alcools *(1913), Apollinaire (1880-1918) renouvelle la poésie en mêlant vers et prose, lyrisme amoureux traditionnel et évocation prosaïque de la vie moderne. En témoigne le premier vers du recueil, dans le poème « Zone » : « À la fin tu es las de ce monde ancien », qui exprime un désir de nouveauté dans la forme classique de l'alexandrin.*

Vous y dansiez petite fille
Y danserez-vous mère-grand
C'est la maclotte[1] qui sautille
Toutes les cloches sonneront
Quand donc reviendrez-vous Marie

Les masques sont silencieux
Et la musique est si lointaine
Qu'elle semble venir des cieux
Oui je veux vous aimer mais vous aimer à peine
Et mon mal est délicieux

Les brebis s'en vont dans la neige
Flocons de laine et ceux d'argent
Des soldats passent et que n'ai-je
Un cœur à moi ce cœur changeant
Changeant et puis encor que sais-je

Sais-je où s'en iront tes cheveux
Crépus comme mer qui moutonne
Sais-je où s'en iront tes cheveux
Et tes mains feuilles de l'automne
Que jonchent aussi nos aveux

Je passais au bord de la Seine
Un livre ancien sous le bras
Le fleuve est pareil à ma peine
Il s'écoule et ne tarit pas
Quand donc finira la semaine

Guillaume Apollinaire, « Marie », *Alcools* (1913).

1. Le lyrisme élégiaque de la plainte amoureuse

D'après ces deux premières strophes, sait-on de quoi va parler le poème ? Montrez que le poète ne donne pas de détails. Quel est l'effet de cette imprécision ?

Combien de vers comportent les strophes ? Quel est l'effet produit ?

Quelle particularité a le vers 9 ?

2. Une succession décousue d'images poétiques

Étudiez les images utilisées dans les deux strophes. Qu'ont-elles d'étonnant ?

Relevez les éléments décrivant Marie dans la strophe 4. Peut-on parler d'un véritable portrait ?

3. Le retour de la plainte amoureuse dans un cadre urbain et moderne

Repérez tout ce qui relève du thème du temps.

LÉGENDE

- Thématique amoureuse
- Expression de la douleur du poète
- Images inattendues

1. Maclotte : danse du sud de la Belgique, la Wallonie.

zoOm

Guillaume Apollinaire (1880-1918)

Apollinaire côtoie les milieux artistiques (il est l'ami de Pablo Picasso, l'amant de la peintre Marie Laurencin) et les avant-gardes : en 1917, c'est lui qui invente le mot « surréalisme ». Ses recueils, en particulier *Alcools* (1913), *Poèmes à Lou* ou *Calligrammes* (posthumes), reprennent des thèmes traditionnels (la fuite du temps, l'amour malheureux) mais inventent un nouveau lyrisme en supprimant la ponctuation, en recourant au vers libre, en adoptant la technique du collage.

Marie Laurencin, *Portrait de Guillaume Apollinaire* (vers 1908).

Repérage

Faire une première analyse du texte

1 Le lyrisme élégiaque de la plainte amoureuse

- Montrez que l'identité de Marie reste mystérieuse et que nous ne disposons que de quelques éléments très vagues de cette histoire d'amour terminée.
- Montrez comment le caractère inachevé des vers et des strophes exprime le caractère incomplet de l'histoire d'amour racontée.

2 Une succession décousue d'images poétiques

- Faites un relevé des images pour montrer qu'elles semblent sans rapport les unes avec les autres. Peut-on cependant déceler un thème commun ?
- Montrez que Marie est réduite à de rares éléments du corps traditionnels dans la poésie amoureuse, qui forment un portrait très fragmentaire.

3 Le retour de la plainte amoureuse dans un cadre urbain et moderne

- Relevez tous les termes en lien avec la question du temps. Quel sentiment typique du lyrisme élégiaque voit-on apparaître ici ?
- En quoi le dernier vers se distingue-t-il ? Dans quel contexte attend-on la fin de la semaine ?

▸ Conclusion

- Concluez sur la sensation d'irréalité qui se dégage de ce poème, où la douleur amoureuse largement implicite n'en est pas moins sensible.

→ **exercice d'explication orale du texte, p. 90**

21 Texte écho 2. Louise de Vilmorin, « Le Garçon de Liège »

Louise de Vilmorin (1902-1969) était poétesse et romancière. Le recueil de poèmes Fiançailles pour rire, *publié en 1939, joue, comme son titre l'indique, avec les institutions bourgeoises qui prétendent réglementer l'amour (le couple, par exemple) et n'aboutissent qu'à l'ennui. Dans « Le Garçon de Liège », elle associe expression du désir sensuel et besoin de liberté.*

Louise de Vilmorin, photographie (vers 1945) de Jean-Marie Marcel.

Un garçon de conte de fée
M'a fait un grand salut bourgeois
En plein vent, au bord d'une allée,
Debout sous l'arbre de la Loi.

Les oiseaux d'arrière saison
Faisaient des leurs malgré la pluie
Et prise par ma déraison
J'osai lui crier : « Je m'ennuie. »

Sans dire un doux mot de menteur
Le soir dans ma chambre à tristesse
Il vint consoler ma pâleur.
Son ombre me fit des promesses.

Mais c'était un garçon de Liège,
Léger, léger comme le vent
Qui ne se prend à aucun piège
Et court les plaines de beau temps.

Et dans ma chemise de nuit,
Depuis lors quand je voudrais rire
Ah ! beau jeune homme je m'ennuie,
Ah ! dans ma chemise à mourir.

Louise de Vilmorin, « Le Garçon de Liège »,
Fiançailles pour rire (1939).

1. L'ennui troublé par une rencontre fantasmatique

Quelles sont les caractéristiques du garçon ? Qu'a-t-il d'étonnant ?

En quoi la mention des éléments naturels est-elle importante ? Quel type de décor construit-elle ?

2. Une nuit d'amour sans lendemain

Comment la nuit d'amour est-elle décrite ? Intéressez-vous au lexique visuel en particulier.

En quoi le garçon est-il un symbole de liberté ?

3. Le retour de l'ennui

Quel est le rôle des répétitions ? En quoi apportent-elles de l'émotion à la strophe finale ?

LÉGENDE

Termes évoquant :
- les règles et les conventions
- le désir sensuel et le besoin de liberté
- la nature et les éléments

Repérage

Faire une première analyse du texte

1 L'ennui troublé par une rencontre fantasmatique

- Montrez que le texte reprend un lieu commun romantique mais introduit des éléments inhabituels.

2 Une nuit d'amour sans lendemain

- Comment la nuit d'amour est-elle évoquée ? Comment le désir est-il exprimé de façon indirecte et d'autant plus saisissante ?
- Montrez comment l'autrice fait du personnage masculin un symbole de liberté. Quelle image de son amante d'une nuit est suggérée par contraste ?

3 Le retour de l'ennui

- Étudiez les différents procédés qui donnent à cette dernière strophe sa tonalité élégiaque, tout en gardant l'expression d'un désir impossible à éteindre.

Conclusion

- Soulignez le caractère ambivalent du texte, qui met à distance une figure de femme romantique stéréotypée, mais évoque son désir de liberté.

→ **exercice d'explication orale du texte, p. 91**

Méthode

Analyser les sonorités dans un poème

Trois types de jeux avec les sonorités

Il s'agit de relever et surtout d'interpréter les répétitions de sons.

L'assonance : répétition d'un même son voyelle.

« Et dans ma chemise de nuit,
[...] je m'ennuie,
Ah ! dans ma chemise à mourir. »

L'assonance en [i] exprime l'exaspération.

L'allitération : répétition d'un même son consonne.

« Le soir dans ma chambre à tristesse
Il vint consoler ma pâleur.
Son ombre me fit des promesses. »

L'allitération en [s] suggère la légèreté de l'amant.

Les rimes : répétition de sons identiques à la fin de deux ou plusieurs vers.

- Rimes **pauvres** : un son en commun (fée/allée) ; **suffisantes** : deux sons en commun (pluie/nuit) ; **riches** : trois sons en commun (saison/déraison).
- Rimes **féminines** : se terminent par un « e », par opposition aux rimes **masculines**.

22 Quatre pistes pour des lectures cursives

Voici quatre recueils poétiques en lien avec le parcours « Émancipations créatrices ». Choisissez celui que vous aimeriez présenter lors de la seconde partie de l'épreuve orale du bac de français.

I Baudelaire, *Le Spleen de Paris* (1869)

1) Présentation rapide

- Dans ce recueil posthume, Baudelaire renouvelle le langage poétique en proposant une « prose poétique, musicale sans rythme et sans rime ».
- Baudelaire n'invente pas la forme du poème en prose, déjà utilisée par Aloysius Bertrand dans *Gaspard de la nuit* (1842). Mais il en modernise les thèmes en s'intéressant à Paris, au monde urbain, aux foules.

L'AUTEUR

Charles Baudelaire (1821-1867) est principalement connu pour deux recueils majeurs de la modernité poétique : *Les Fleurs du mal* (1857), entièrement en vers, et *Le Spleen de Paris. Petits poèmes en prose* (1869), en prose.

2) Pourquoi cette œuvre est-elle intéressante ?

1. Baudelaire s'émancipe de la forme versifiée et propose une poésie en prose dont la musicalité est créée par des moyens plus subtils que le mètre ou la rime.
2. Cette forme plus triviale lui permet d'être plus ironique que dans *Les Fleurs du mal*.
3. Le recueil aura une grande influence sur la poésie. En témoignent *Le Cornet à dés* (1917) de Max Jacob ou *Le Parti pris des choses* (1942) de Francis Ponge.

II Verlaine, *Romances sans paroles* (1874)

1) Présentation rapide

- Dans ce recueil écrit durant ses escapades amoureuses avec Rimbaud, Verlaine cherche un langage poétique évoquant le flou, l'incertain, l'évanescent.
- Il recourt à des procédés nouveaux, dont le vers impair. Sa poésie rompt totalement avec celle des Parnassiens.

L'AUTEUR

Paul Verlaine (1844-1896) publie *Poèmes saturniens* en 1866. Il rencontre Rimbaud en septembre 1871 et quitte sa femme. À Bruxelles, il blesse son amant d'un coup de revolver : il est condamné à deux ans de prison.

2) Pourquoi cette œuvre est-elle intéressante ?

1. Verlaine innove en proposant une poésie suggestive, qui reste floue.
2. Cette poésie est liée au courant pictural de l'impressionnisme qui, à la même époque, promeut une vision subjective, insistant sur les sens.
3. Le recueil, écrit sous l'influence de Rimbaud, démontre leur complicité dans la rénovation du langage poétique.

III Césaire, *Les Armes miraculeuses* (1946)

1 Présentation rapide

- *Les Armes miraculeuses* constitue le premier recueil poétique d'Aimé Césaire. Préfacé par André Breton, il s'inscrit dans le courant du surréalisme.
- Ce recueil engagé exprime la révolte face à la condition des peuples colonisés. Il illustre le concept de négritude, forgé par Césaire dès 1935.

L'AUTEUR
Aimé Césaire (1913-2008) est à la fois poète, publiant dès 1939 *Cahier d'un retour au pays natal*, et homme politique (député de la Martinique et maire de Fort-de-France).

2 Pourquoi cette œuvre est-elle intéressante ?

1. À la croisée du poétique et du politique, le recueil témoigne d'une double émancipation : des conventions littéraires et du colonialisme.
2. Composé de textes poétiques écrits entre 1941 et 1945, il s'inscrit dans un combat contre la négation de l'identité et de la conscience noires.
3. Loin d'être seulement didactique, la poésie de Césaire se caractérise par la puissance de ses images et son souffle épique.

IV Plath, *Ariel* (1965)

1 Présentation rapide

- Publié à titre posthume deux ans après le suicide de son autrice, *Ariel* est le dernier recueil de la poétesse et romancière Sylvia Plath.
- Considéré comme le chef-d'œuvre de cette icône du féminisme, le recueil évoque la mort de son père et le départ de son mari, dans une langue poétique lyrique et violente.

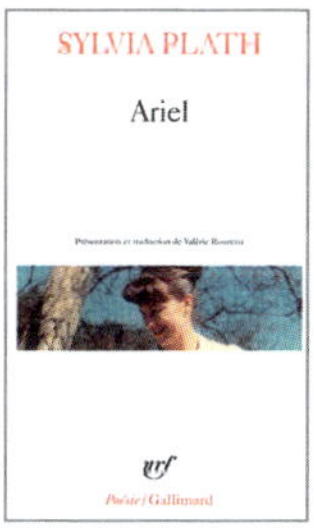

L'AUTRICE
Écrivaine américaine féministe, **Sylvia Plath** (1932-1963) est connue mondialement pour ses poèmes ainsi que pour son roman semi-autobiographique *La Cloche de détresse* (1963), qui évoque notamment sa dépression.

2 Pourquoi cette œuvre est-elle intéressante ?

1. Sylvia Plath incarne l'oppression des femmes par la société américaine des années 1950 : elle a voulu s'émanciper de son rôle de mère et d'épouse par la poésie.
2. Elle évoque pour la première fois des thèmes tabous dans une poésie confisquée par les hommes : le désir féminin, la fausse couche, l'avortement.
3. Ces thèmes sont évoqués dans une langue poétique intense, qui restitue la violence de l'expérience vécue par une poétesse toujours au bord du gouffre.

S'ENTRAÎNER

1 Mémoriser les idées-clés du cours

→ FICHES 18 et 19

Répondez oralement à ces quatre questions de cours.

1. Quelle image du peuple trouve-t-on dans les *Cahiers de Douai* ?
2. Dans quelle mesure le désir amoureux est-il, chez Rimbaud, une source d'émancipation ?
3. Qu'est-ce que la modernité poétique ? En quoi les *Cahiers de Douai* s'inscrivent-ils dans cette modernité ?
4. Qu'est-ce qui annonce le surréalisme dans les *Cahiers de Douai* ?

OBJECTIF BAC

Lors de la première partie de l'épreuve orale du bac de français, vous êtes interrogé(e) sur l'un des textes figurant dans votre récapitulatif.

La liste incluant des textes issus du parcours associé aux *Cahiers de Douai*, nous vous proposons un entraînement sur les deux textes des fiches 20 et 21.

2 Explication du texte écho 1 • « Marie »

→ FICHE 20

Lisez puis expliquez le poème.

LES CLÉS POUR RÉUSSIR

Situer le texte dans le parcours, le lire à voix haute

1 Situer l'extrait

- Faites le lien entre le thème du parcours associé aux *Cahiers de Douai* et le texte à expliquer.
- Aidez-vous du paragraphe introductif, p. 84.
- Soulignez la différence entre la poésie amoureuse d'Apollinaire et celle de Rimbaud.

2 Lire le texte

- Toute la poésie d'Apollinaire est sans ponctuation. Il faut donc avoir repéré les limites des phrases et les articulations de la syntaxe.
- Faites entendre le lyrisme subtil de ce texte. Ce n'est pas une plainte lourdement pathétique, mais une sorte de chanson légèrement mélancolique.

Expliquer le texte

1 Formuler la problématique

- En quoi ce texte reprend-il une tradition en la détournant et en la renouvelant ?
- Vous pouvez vous appuyer sur la conclusion du Repérage, p. 85.

2 Expliquer le texte en s'appuyant sur sa structure

- Délimitez trois parties dans le texte. Aidez-vous du découpage proposé p. 84.
- Commencez l'analyse de chaque partie en en indiquant la (ou les) caractéristique(s) majeure(s).
- Étayez votre démonstration en vous appuyant sur le texte. Par exemple, soulignez le caractère élégiaque de la première partie, qui se caractérise par le thème de l'attente du retour de l'être aimé.

3 Conclure

- Répondez à la problématique : comment ce texte, malgré son impression d'irréalité et d'incohérence, parvient-il à exprimer la douleur amoureuse ?
- Pour élargir, faites un lien avec les textes de Rimbaud : quels sont les poèmes des *Cahiers de Douai* qui peuvent produire le même effet ?

3 Explication du texte écho 2 • « Le Garçon de Liège » → FICHE 21

Lisez puis expliquez le poème.

CONSEIL

- Aidez-vous de l'encadré Repérage de la fiche 21, p. 87
- Lors de votre lecture à voix haute, n'oubliez pas de prononcer les « e » situés avant une consonne : « conte » (v. 1), « prise » (v. 7), « ombre » (v. 12), « plaines » (v. 16).

4 Présentation d'*Ariel* à l'oral → FICHE 22

Dans l'exercice qui suit, nous vous proposons de vous entraîner – en vue de l'oral – à présenter l'une des œuvres proposées en lectures cursives.

Parmi les lectures cursives de votre récapitulatif figure *Ariel*. Présentez brièvement cette œuvre et exposez les raisons de votre choix.

5 Entretien à la suite de la présentation d'*Ariel*

Une fois votre présentation terminée, l'examinateur ou l'examinatrice vous pose des questions en prenant appui sur les éléments exposés. Il ou elle évalue vos capacités à dialoguer, à nuancer ou à étoffer votre réflexion, à défendre votre point de vue sur la base de la connaissance de l'œuvre.

1. En quoi diriez-vous que, dans ce recueil, l'autrice s'émancipe par la création ?
2. Quels points communs relevez-vous entre cette œuvre et celle de Rimbaud ?
3. Connaissez-vous d'autres œuvres de cette autrice ?

CORRIGÉS

S'ENTRAÎNER

1 Mémoriser les idées-clés du cours

1. L'image du peuple dans les *Cahiers de Douai* est celle d'un **peuple réduit à la misère** comme on le voit dans « Les Effarés ». La **critique du régime impérial**, qui néglige les pauvres et les nécessiteux, est exprimée par des références à la **Révolution française** dans « Le Forgeron », où un homme du peuple fait la leçon au roi Louis XVI, qui représente implicitement Napoléon III. Rimbaud en appelle à l'insurrection, à l'**émancipation du peuple par lui-même**, qui doit créer les conditions de sa liberté.
2. Le désir amoureux est mal perçu dans la société bourgeoise, qui n'envisage comme forme d'amour que le mariage et les enfants. La poésie de Rimbaud **conteste cette vision étriquée de l'amour** en accordant une large place au désir, aux premiers émois de l'adolescence, aux fantasmes : « que d'amours splendides j'ai rêvées ! » s'écrie Rimbaud dans « Ma Bohême ». La sensualité est associée à la fuite, à la fugue : **désirer signifie s'évader** dans un monde qui n'est plus soumis aux normes d'une société patriarcale oppressante, dans un monde imaginaire.
3. La modernité poétique initiée par Baudelaire dans *Les Fleurs du mal* en 1857 peut se définir de deux façons. Sur le plan thématique, elle s'autorise à **évoquer n'importe quel sujet**, à faire surgir la beauté poétique de la laideur, comme le fait Rimbaud dans « Venus Anadyomène » avec l'oxymore final « belle hideusement ». Sur le plan formel, la modernité poétique **s'éloigne de plus en plus des schémas classiques** au profit du vers libre ou du poème en prose, ce que Rimbaud tend, encore timidement, à faire, par exemple dans « L'Éclatante Victoire de Sarrebrück ». Les *Cahiers de Douai* sont davantage modernes par leurs thèmes que par leur forme.
4. Si le mouvement surréaliste peut sembler annoncé dans les *Cahiers de Douai*, c'est avant tout par le **sentiment de révolte**, le désir de révolution politique qui anime l'ensemble des poèmes. On y trouve, dans une moindre mesure, le désir de **révolution poétique**, qui reste en deçà de ce que Rimbaud théorisera plus tard dans les deux lettres du voyant. La thématique du désir amoureux mais aussi certaines **images liées au rêve et à l'inconscient** sont également autant d'éléments que le surréalisme fera siens.

MOT-CLÉ

On appelle **vers libre** un type de vers qui se définit uniquement par le retour à la ligne, et qui ne comporte pas forcément un nombre de syllabes donné ou une rime. Dans les *Illuminations* de Rimbaud, « Marine » et « Mouvement » sont deux poèmes en vers libres.

OBJECTIF BAC

Les corrigés des explications sont présentés sous forme de plans détaillés.

2 Explication du texte écho 1 • « Marie » (Apollinaire)

Introduction

[Situation du texte] Le poème se situe au début du recueil *Alcools* de Guillaume Apollinaire paru en 1913, mais élaboré depuis 1898. Ce recueil est l'un des plus emblématiques de la quête de la modernité poétique, mais reprend souvent également les thèmes du lyrisme amoureux le plus traditionnel. **[Problématique]** Dans quelle mesure cette tradition est-elle ici renouvelée par le caractère irréel et morcelé de l'évocation de la femme aimée ?

I. Le lyrisme élégiaque de la plainte amoureuse (v. 1-10, p. 84)

- Le poème raconte une **histoire d'amour**, mais ne donne aucun détail. À la fin de la première strophe est mentionné le prénom de la destinataire, Marie, et à la fin de la deuxième apparaissent le verbe « aimer » et l'évocation du « mal ». Le poète retarde au maximum les informations qui permettent de comprendre qu'il s'agit d'une **plainte élégiaque à propos d'un amour terminé.**
- Le caractère imprécis tient au début du poème, qui ressemble à une **comptine**, renvoie Marie à un passé lointain (« dansiez ») et à un futur incertain (« danserez »), en évoquant une danse spécifique, la maclotte, sans expliciter davantage le contexte. Les masques « silencieux » et la musique « lointaine » accentuent ce sentiment d'irréalité confuse et énigmatique.
- Les strophes sont des **quintils**, ce qui produit un sentiment d'inachèvement, comme s'il y avait un vers en trop par rapport à la forme classique du quatrain. Les vers sont des octosyllabes, à l'exception du vers 9, un **alexandrin**, qui est le mètre traditionnel du **lyrisme amoureux** (c'est dans ce vers que figurent les deux occurrences du verbe « aimer »).

> **CONSEIL**
> Il faut toujours **mettre en relation analyse formelle et thématique** : ici, le sentiment d'inachèvement des strophes et des vers renvoie au portrait incomplet et fragmenté de Marie.

II. Une succession décousue d'images poétiques (v. 11-20, p. 84)

- Dans les deux strophes suivantes se succèdent des images a priori décousues et sans rapport avec la rêverie amoureuse. Elles sont liées cependant par le motif du passage : les brebis s'en vont, les soldats passent, le cœur change, les cheveux s'en iront. Le **thème élégiaque de la fuite du temps** est au cœur de cette partie.
- Le portrait de Marie renvoie au genre traditionnel du blason (type de poème décrivant le corps de l'être aimé), mais il est ici réduit à quelques éléments très vagues : les cheveux, les mains. Le portrait est en outre brouillé par les métaphores qui **reprennent la tradition romantique pour la mettre à distance** : les cheveux sont une mer, les mains des feuilles.

III. Le retour de la plainte amoureuse dans un cadre urbain et moderne (v. 21-25, p. 84)

- Le **passage du temps**, déjà suggéré dans la partie précédente, devient ici le thème explicite : le fleuve est une métaphore traditionnelle du temps qui s'écoule, d'autant que le « je » lui aussi « passe » au bord de la Seine avec un livre « ancien ».
- Le dernier vers renvoie à une **temporalité beaucoup plus prosaïque**, celle du monde du travail. Le sentiment élégiaque - typique de la douleur causée par l'absence de l'être aimé - que le temps s'étire et ne s'écoule plus est ici exprimé de manière on ne peut moins lyrique !

Conclusion

- Ce poème dégage une étonnante **sensation d'irréalité** tant il paraît un assemblage de morceaux de souvenirs, d'images et de chansons.
- Mais, en étant simplement suggérée, la **douleur amoureuse** qui reste sensible dans chaque mot, dans chaque chose, n'en est que plus déchirante.

3 Explication du texte écho 2 • « Le Garçon de Liège » (Vilmorin)

Introduction

[Situation du texte] *Fiançailles pour rire* est un recueil de Louise de Vilmorin paru en 1939, célèbre pour avoir été mis en musique dans un cycle de six mélodies pour voix et piano de Francis Poulenc. **[Problématique]** Le poème intitulé « Le Garçon de Liège » évoque un des thèmes dominants du recueil : une femme à la vie bourgeoise et ennuyeuse exprime soudain sa soif de sensualité et de liberté. Il mêle ainsi une figure romantique stéréotypée à l'expression originale, pour cette époque, du désir féminin.

I. L'ennui troublé par une rencontre fantasmatique (v. 1-8, p. 86)

- Le texte semble commencer par un **lieu commun romantique** : la rencontre amoureuse. Le portrait du garçon est cependant marqué par une **distance ironique** : il est idéalisé comme appartenant à un autre monde (« de conte de fée ») mais aussi associé aux conventions (« grand salut bourgeois »).
- Les stéréotypes se retrouvent dans l'**évocation de la nature**. Le décor est typiquement romantique (les oiseaux et la pluie). Le garçon est associé au vent, donc **symbole de liberté**, et se trouve sous l'arbre de la Loi, rappelant le jardin d'Éden dans la Bible et suggérant l'idée d'une **tentation**.

II. Une nuit d'amour sans lendemain (v. 9-16, p. 86)

- La nuit d'amour est évoquée de façon détournée, par le recours à des métonymies : le garçon vient consoler la « pâleur » de la femme, symptôme du mal qui mine les grandes héroïnes romantiques. Son « ombre » fait des promesses, qui renvoient au mystère, au secret qui entoure cet **être fantasmatique**.
- Comme dans la première strophe, le garçon est associé au vent, autrement dit à la **mobilité**, à la **liberté**. Contrairement aux bourgeois solidement installés, il est « léger »,

> **MOT-CLÉ**
> Une **métonymie** est une figure de style consistant à désigner une réalité par une autre réalité qui lui est associée, par exemple « ma pâleur » pour « moi » ou « son ombre » pour « il ».

la répétition de l'adjectif en début de vers permettant d'insister sur le caractère insaisissable de ce garçon comparé à **un animal traqué mais rusé** (il « ne se prend à aucun piège », pas même celui de l'amour).

III. Le retour de l'ennui (v. 17-20, p. 86)

- La dernière strophe évoque le retour de l'ennui après le passage fulgurant de l'amant d'une nuit. Les répétitions signalent à la fois le **retour à une réalité ennuyeuse et répétitive**, mais aussi l'obsession qu'engendre un être purement fantasmatique.
- La répétition du « Ah ! » en anaphore donne au texte une **dimension pathétique**. La répétition de « dans ma chemise » permet de passer du monde du confort bourgeois (« dans ma chemise de nuit ») à celui de la passion dévastatrice (« dans ma chemise à mourir »). La multiplication des « i » accentue l'effet d'insistance créant le pathétique.
- Se mêlent ainsi l'**expression élégiaque du regret** et la manifestation d'un **désir impossible à éteindre**, soulignées par la reprise du « je m'ennuie » du vers 8.

Conclusion

- Le texte joue avec les **codes du romantisme** en mettant en scène une héroïne pâle et triste qui se pâme d'ennui, mais il introduit aussi une évocation du désir féminin à la première personne qui en fait un texte novateur pour son époque.
- Le jeune homme évoqué ici rappelle Rimbaud (« l'homme aux semelles de vent », comme le surnommait Verlaine), et l'ensemble du poème peut être comparé à « Roman », qui évoque de la même manière l'**obsession qu'un être fantasmatique peut engendrer** – même si Rimbaud la traite de façon plus sarcastique.

4 Présentation d'*Ariel* à l'oral

I. Présentation

1. Un chef-d'œuvre de la poésie américaine

- Si Sylvia Plath n'a pas été reconnue de son vivant comme une grande autrice, elle a aujourd'hui une **notoriété mondiale**, avec son roman semi-autobiographique, son journal, et surtout ses poèmes. *Ariel* est considéré comme son **chef-d'œuvre**.
- Les événements tragiques de la vie de Sylvia Plath (sa dépression, son suicide) ne doivent pas faire passer au second plan le **caractère novateur de ses poèmes**.

2. Un recueil essentiel dans l'histoire de la littérature féministe

- Avec ce recueil, Plath annonce les **grands thèmes féministes** des années 1960 et 1970 : le statut de la femme condamnée aux tâches ménagères, le désir d'indépendance économique, la dénonciation de la violence masculine.
- Le recueil fait aussi la part belle à l'expression du désir, alors que les poétesses étaient souvent réduites à la sentimentalité : Sylvia Plath **n'hésite pas à parler de son corps, de sa sexualité**.
- Elle parle aussi en termes crus de son rapport conflictuel avec son père, de ses troubles mentaux, ou encore de son **désir d'écrire un roman**.

> **CONSEIL**
> Travaillez en amont votre présentation du texte, mais attention à ne pas réciter mécaniquement un texte appris par cœur. Un peu de **spontanéité** sera apprécié.

II. Les raisons de mon choix

1. Des enjeux toujours actuels

- Le recueil entre en résonance avec bien des **préoccupations féministes actuelles**, comme les tabous dans la représentation du corps des femmes.
- Sylvia Plath ne cesse de répéter qu'elle veut être tout à la fois : mère, épouse, amante, poétesse… Elle **refuse d'être limitée** par le monde qui l'entoure.

2. Un texte fascinant

- Le recueil est écrit dans une **langue poétique puissante**, permettant d'exprimer la rage ou le désespoir avec une intensité peu commune.
- Les rythmes, les sonorités, les trouvailles lexicales rendent ces poèmes, où se mêlent constamment l'amour et la haine, **inquiétants et fascinants**.

5 Entretien à la suite de la présentation d'*Ariel*

1. L'émancipation créatrice dans le recueil de Sylvia Plath

- Sylvia Plath a subi le fait d'être une femme poétesse, **reléguée au second plan** par son époux le poète anglais Ted Hughes, qu'elle désigne comme un « vampire ». Écrire, que ce soient des poèmes ou un roman, c'est pour elle s'émanciper de cette oppression, **exister par elle-même**.

2. Les points communs avec l'œuvre de Rimbaud

- Arthur Rimbaud et Sylvia Plath ont en commun un rapport au monde qui passe par **la révolte et l'anticonformisme** face à une société oppressante. Rimbaud, dans la lettre du voyant du 15 mai 1871, prophétisait d'ailleurs : « Quand sera brisé l'infini servage de la femme, quand elle vivra pour elle et par elle, l'homme, – jusqu'ici abominable, – lui ayant donné son renvoi, elle sera poète, elle aussi ! »
- Comme Rimbaud, Sylvia Plath est devenue un véritable **mythe** : tous deux sont des poètes jeunes, qui ont abandonné la poésie rapidement, lui en s'enfuyant et elle en se donnant la mort. Tous deux fascinent autant par leur **vie fulgurante** que par leur **poésie révolutionnaire**.

3. D'autres œuvres de Sylvia Plath

- Sylvia Plath a écrit un premier recueil intitulé *Le Colosse*, publié en 1960. Elle est surtout l'autrice d'un **roman** semi-autobiographique publié en 1963, *La Cloche de détresse* (*The Bell Jar*), dans lequel elle **transpose sa vie dans celle de sa narratrice**, Esther Greenwood, qui souffre de troubles bipolaires.

CONSEIL

Connaître d'autres œuvres du même auteur n'est nullement obligatoire. Mais avoir fait preuve d'un peu de **curiosité** au cours de votre préparation sera apprécié à l'examen.

6 Traiter des sujets de **dissertation**

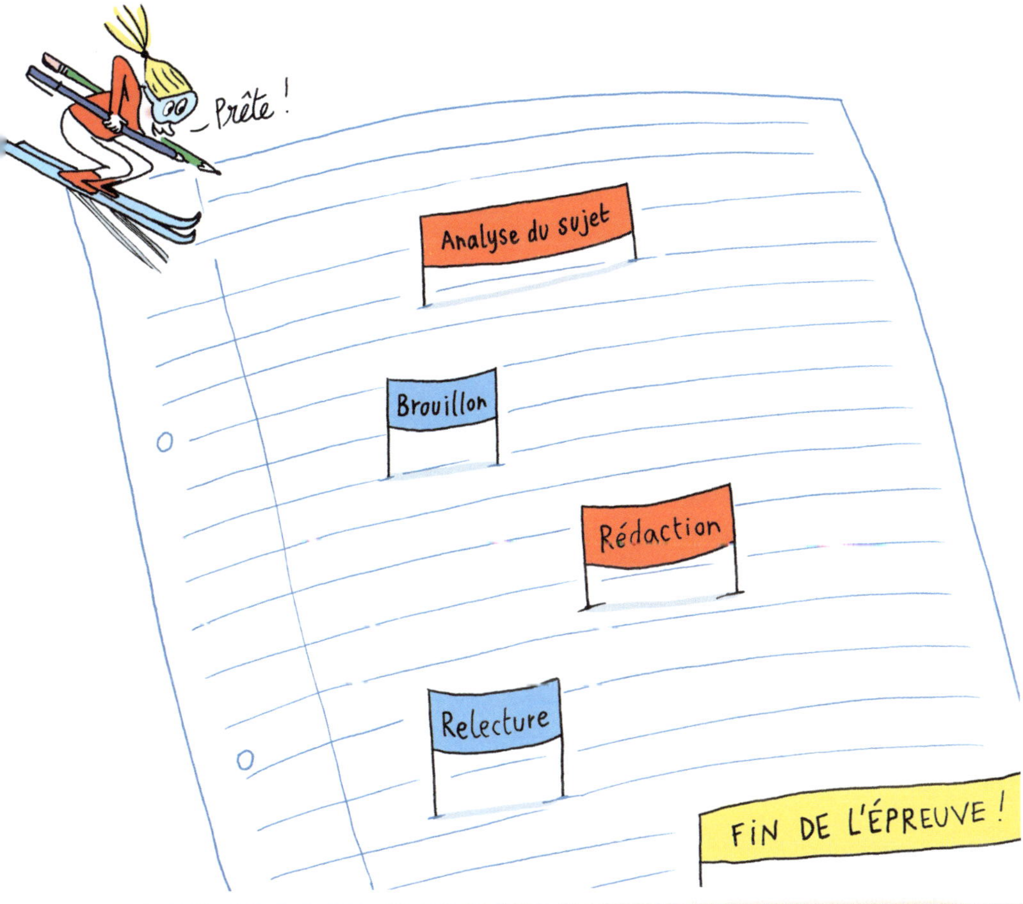

23 Analyser un sujet de dissertation

Dans une dissertation, vous devez montrer que vous avez compris les principaux enjeux de l'œuvre, mais avant tout répondre au sujet.

Sujet 1

Le sujet est une question sur l'œuvre : « En quoi… ? »

En quoi les *Cahiers de Douai* sont-ils provocateurs ?

Étape 1 Définir les termes-clés

- Être « provocateur » signifie lancer un défi à quelqu'un par un langage outrancier. Il faut donc d'abord se demander qui Rimbaud veut provoquer.

- On peut aussi provoquer (avoir un effet sur) quelque chose. En ce sens, la provocation rimbaldienne est un appel à l'action. Il faut donc se demander ce que Rimbaud cherche à provoquer chez le lecteur ou la lectrice.

CONSEIL

Posez-vous des questions simples pour cerner le sujet : **qui** ? (qui est provoqué ?), **quoi** ? (que provoque-t-on ?), mais aussi **comment** ? ou **pourquoi** ?

Étape 2 Interroger les termes

- Si vous choisissez le plan thématique, il faut vous demander quels sont les différents sens des mots du sujet, du plus évident au plus recherché.

- Si vous choisissez le plan dialectique, il faut montrer que l'œuvre est aussi une quête d'harmonie. On substituera à « provocateurs » le terme « subversifs », qui renvoie à une contestation en vue d'un nouvel idéal.

Étape 3 Formuler le problème

- Le but de l'analyse est de reformuler le sujet pour faire apparaître le problème qu'il pose : le caractère provocateur des *Cahiers de Douai* relève-t-il seulement de l'insolence d'un adolescent sarcastique ?

→ corrigé, p. 106

Sujet 2

Le sujet est une question sur l'œuvre : « Dans quelle mesure… ? »

Dans quelle mesure la poésie de Rimbaud est-elle une poésie de la rupture ?

Étape 1 Définir les termes-clés

- La rupture désigne la destruction de tout lien avec quelque chose : la poésie de Rimbaud exprime ainsi la rupture avec le monde d'où l'on vient.

■ Mais une rupture est aussi l'arrêt plus ou moins net d'un processus : cette poésie est ainsi en rupture de la tradition poétique, par exemple avec l'introduction de « ruptures », au sens concret, dans l'alexandrin classique.

Étape 2 Interroger les termes

■ On peut se demander si la rupture est toujours complète, s'il ne reste pas le plus souvent un lien avec ce qu'on a quitté : la poésie de Rimbaud se caractérise aussi par la continuité.

■ En outre, une poésie qui ne serait que rupture serait illisible. L'écriture poétique se caractérise par un jeu entre rupture et continuité, entre tradition et innovation.

Étape 3 Formuler le problème

■ On peut reformuler le sujet en soulignant que la poésie de Rimbaud, loin de n'être que refus du monde, consiste en une émancipation, une libération qui suppose une part d'acceptation du monde et de fidélité au passé.

→ corrigé, p. 107

Sujet 3

Le sujet est une citation sur l'œuvre

Les poètes comme Rimbaud « font exploser le monde poétique au centre duquel ils surviennent. Autour d'eux tout s'effondre, et, sur ces décombres, le poète établit un nouvel univers », déclare le critique littéraire Georges Poulet. Ce point de vue s'accorde-t-il avec votre lecture des *Cahiers de Douai* ?

Étape 1 Définir les termes-clés

■ Le sujet est fondé sur la métaphore de la destruction du monde : il s'agit de l'anéantissement des thèmes et formes classiques de la poésie.

Étape 2 Interroger les termes

■ On peut contester l'idée d'une disparition totale de l'ancien « monde poétique » en mettant en évidence la reprise de la tradition.

■ On peut aussi distinguer parmi les aspects de la poésie ceux qui sont vraiment remis en cause et ceux qui sont conservés.

Étape 3 Formuler le problème

■ On reformulera donc le sujet afin de nuancer cette affirmation, en s'appuyant sur les *Cahiers de Douai* et en insistant sur le mélange entre reprise de la tradition et innovation.

CONSEIL
Cherchez l'**opposition implicite de la citation pour la dépasser**. Ici le sujet repose sur l'opposition destruction/construction, que la notion de transformation permet de dépasser.

→ corrigé, p. 108

24 Construire un plan de dissertation

Le plan découle logiquement de l'analyse du sujet.
On peut choisir un plan dialectique qui illustre la thèse (I), puis la nuance (II), avant de dépasser la contradiction (III). On peut aussi opter pour un plan thématique qui présente successivement différents arguments en faveur de la thèse.

I Le sujet est une question sur l'œuvre

Sujet 1 En quoi les *Cahiers de Douai* sont-ils provocateurs ?

1) Choisir le plan

- Ce sujet peut être traité à l'aide d'un plan aussi bien dialectique que thématique.
- Le plan thématique va explorer toutes les facettes de la provocation dans les poèmes. Le plan dialectique va plutôt insister sur le fait que la provocation n'est pas gratuite et implique une vision du monde et de la poésie.

> **CONSEIL**
> Une question « En quoi... ? » appelle plutôt un **plan thématique** ; une question « Dans quelle mesure... ? » appelle plutôt un **plan dialectique**. Mais ce n'est pas systématique.

2) Construire un plan thématique

Il faut impérativement éviter le plan catalogue.

- La partie I doit illustrer le sujet en donnant des exemples de l'omniprésence de la provocation chez Rimbaud.
- En II, on peut élargir le sujet, montrer que la « provocation » renvoie à une vision du monde fondée sur l'affirmation de soi et de sa liberté aussi bien politique que poétique.
- En III, on peut montrer que le sujet renvoie aussi aux effets « provoqués » par la poésie : dans quelle mesure incite-t-elle à l'action ? Comment renouvelle-t-elle notre rapport à la réalité ?

3) Construire un plan dialectique

- Le I doit toujours illustrer le sujet à partir du mot-clé, comme dans le plan thématique. On insistera sur l'aspect sarcastique de la provocation, qui peut paraître gratuit.
- Le II doit contester le sujet en montrant que la provocation s'inscrit dans un rapport au monde plus complexe que la simple dérision.
- Le III, pour dépasser cette opposition, doit substituer au mot-clé du sujet un terme similaire mais plus large. On pourra par exemple soutenir que les *Cahiers de Douai* ne sont pas tant provocateurs que subversifs, ce qui passe par une contestation vigoureuse des autorités.

II Le sujet est une citation sur l'œuvre

Sujet 3 Les poètes comme Rimbaud « font exploser le monde poétique au centre duquel ils surviennent. Autour d'eux tout s'effondre, et, sur ces décombres, le poète établit un nouvel univers », déclare le critique littéraire Georges Poulet. Ce point de vue s'accorde-t-il avec votre lecture des *Cahiers de Douai* ?

Les sujets avec citation appellent plutôt un plan dialectique : on doit discuter un jugement sur l'œuvre, montrer en quoi il est valide et en quoi il ne l'est pas.

1 Illustrer la citation

- Le I doit illustrer le sujet en déployant les différentes significations repérées lors de la définition des mots-clés. L'expression « monde poétique » doit être présentée avec toutes les associations d'idées qu'elle implique.

2 Contester la citation

- On doit ensuite contester le sujet : il faut procéder là encore en distinguant plusieurs aspects de la citation.
- On peut ainsi opposer aux idées de destruction et de création l'idée d'une transformation et faire valoir de façon nuancée le rapport des *Cahiers de Douai* à la tradition, où on ne trouve pas la démesure et l'excès que connote l'idée d'explosion ou d'effondrement.

3 Dépasser la contradiction

- Le III doit compléter le propos en montrant que, finalement, si Rimbaud reprend les codes, ce n'est pas pour s'y soumettre, mais pour mieux les détourner. Écrire consiste alors non à détruire la tradition, mais à jouer avec elle, pour la mettre à distance. C'est davantage le jeu avec la tradition que sa remise en cause qui constitue la modernité de Rimbaud.

CONSEIL
La principale erreur à éviter ici est un III trop général, sans rapport avec ce qui précède, alors que **le III doit compléter le propos**.

zoOm

Les connecteurs pour introduire les grandes parties

Plan thématique éviter le catalogue	On n'emploie pas	✘ *de plus, par ailleurs, aussi*
	On préfère	✔ *à première vue, de façon plus générale, plus profondément*
Plan dialectique éviter le simplisme	Pas de plan en	✘ *oui, non, peut-être*
	Mais un plan avec	✔ *certes, néanmoins, donc*

MÉMO VISUEL

En quoi consiste l'exercice ?

- **L'objet du sujet**
  Chaque sujet (parmi les trois proposés) se rapporte à une **œuvre au programme**, dans le cadre du **parcours** associé.
- **La forme du sujet**
  - **Question** simple sur l'œuvre

  ou
  - Question adossée à une **citation** exprimant un point de vue sur l'œuvre
- **La consigne générale**
  « Vous répondrez à cette question dans un **développement organisé** en vous appuyant sur (*nom de l'œuvre*), sur les textes que vous avez étudiés dans le cadre du parcours associé, et sur votre culture personnelle. »

RÉUSSIR

3 Rédiger la dissertation

Introduction
= amorce permettant d'introduire le sujet
+ analyse du sujet et problématique
+ annonce du plan

Développement
En 2 ou 3 parties
1 partie = 2 ou 3 paragraphes
avec chacun 1 argument + 1 exemple

Conclusion
= réponse synthétique à la question

LA DISSERTATION

1 Analyser le sujet

Identifier et définir les mots-clés

En considérer toutes les **significations possibles**, de la plus évidente à la plus recherchée.

Reformuler le sujet, faire émerger la problématique

Expliciter la thèse contenue dans le sujet et se demander, selon le cas, comment :

- elle peut être défendue à travers différents aspects ;
  → plan thématique
- elle peut être discutée.
  → plan dialectique

2 Construire le plan

Choisir le plan

- Le plan **thématique** présente différents arguments en faveur de la thèse.
- Le plan **dialectique** :
  I. défend la thèse (« certes ») ;
  II. la conteste ou la nuance (« néanmoins ») ;
  III. dépasse la contradiction (« en fait »).

Détailler le plan

- Trouver des **arguments** pour chaque partie.
- Les illustrer par des **exemples** issus :
  → de l'œuvre au programme ;
  → des textes du parcours ;
  → de lectures personnelles.

OBJECTIF BAC

L'épreuve écrite de 1re générale vous offre le choix entre un commentaire de texte littéraire et une dissertation sur une des œuvres que vous avez étudiées.

Afin de vous entraîner à ce second exercice, nous vous proposons ici trois sujets de dissertation possibles sur les *Cahiers de Douai*.

1 Dissertation • La provocation

→ FICHES **23** et **24**

En quoi les *Cahiers de Douai* sont-ils provocateurs ?

Vous répondrez à cette question dans un développement organisé. Votre réflexion prendra appui sur les *Cahiers de Douai*, sur le travail mené dans le cadre du parcours associé et sur votre culture littéraire.

CONSEIL

Aidez-vous des indications données dans les fiches 23, pour l'analyse du sujet, et 24, pour la recherche et l'organisation des idées. Vous pouvez opter pour un plan thématique en deux parties.

2 Dissertation • Une poésie de la rupture

→ FICHES **23** et **24**

Dans quelle mesure la poésie de Rimbaud est-elle une poésie de la rupture ?

Vous répondrez à cette question dans un développement organisé. Votre réflexion prendra appui sur les *Cahiers de Douai*, sur le travail mené dans le cadre du parcours associé et sur votre culture littéraire.

CONSEIL

Aidez-vous des indications données dans les fiches 23, pour l'analyse du sujet, et 24, pour la recherche et l'organisation des idées. Vous pouvez opter ici pour un plan dialectique en deux parties.

3 Dissertation • Détruire le monde pour créer un nouvel univers

Les poètes comme Rimbaud « font exploser le monde poétique au centre duquel ils surviennent. Autour d'eux tout s'effondre, et, sur ces décombres, le poète établit un nouvel univers », déclare le critique littéraire Georges Poulet. Ce point de vue s'accorde-t-il avec votre lecture des *Cahiers de Douai* ?

Vous répondrez à cette question dans un développement organisé. Votre réflexion prendra appui sur les *Cahiers de Douai*, sur le travail mené dans le cadre du parcours associé et sur votre culture littéraire.

LES CLÉS POUR RÉUSSIR

Analyser les termes du sujet 3

- « exploser » : métaphore violente pour exprimer la révolution accomplie par les poètes de la modernité comme Rimbaud.
- « monde poétique » : ensemble des codes et des conventions, de la tradition que les poètes de la modernité rejettent.
- « décombres » : ruines, éléments subsistant après la catastrophe.
- « nouvel univers » : non seulement les nouveaux thèmes et les nouvelles réalités évoquées par la poésie, mais aussi la manière spécifique du poète de pratiquer la poésie.

Formuler la problématique

- La création poétique dans les *Cahiers de Douai* ne consiste-t-elle, comme le suggère Georges Poulet, qu'à détruire tout ce qui a existé ? Ne faut-il pas envisager de manière plus nuancée le rapport à la poésie du passé ?

Trouver des idées, les organiser

1 Certes, la création suppose destruction et reconstruction

- Montrez que Rimbaud rejette avec une rage destructrice les thèmes traditionnels de la poésie.
- Identifiez les nouvelles formes et les nouveaux thèmes qui apparaissent dans le recueil.

2 Toutefois, Rimbaud emprunte largement à la tradition

- Intéressez-vous à tout ce qui inscrit les *Cahiers de Douai* dans la tradition poétique.
- Quels poèmes témoignent d'une transformation de la tradition plutôt que d'une révolution radicale ?

3 La modernité des *Cahiers* réside en fait dans le jeu avec la tradition

- Montrez que Rimbaud recourt souvent à la parodie pour détourner les conventions.
- Caractérisez son rapport à la tradition : en quoi est-il plus malicieux, moins sérieux que ne le suggère le sujet ?

OBJECTIF BAC

Les corrigés des dissertations sont présentés sous forme de plans détaillés.

1 Dissertation • La provocation

Introduction

[Amorce] Arthur Rimbaud était un adolescent rebelle : il fut notamment exclu pour cette raison des dîners des Vilains Bonshommes. **[Reformulation du sujet]** Mais ce goût pour l'insolence et le sarcasme se retrouve surtout dans sa poésie : les *Cahiers de Douai* frappent à la première lecture par leur caractère provocateur. **[Problématique]** Dans quelle mesure les *Cahiers de Douai* se présentent-ils comme un défi violemment lancé au monde ? Cette provocation est-elle purement gratuite, ou bien recèle-t-elle des enjeux profonds ? **[Annonce du plan]** On verra que, si les *Cahiers de Douai* peuvent en effet être qualifiés de provocateurs, cette provocation prend sa source dans une vision du monde fondée sur la liberté, qui permet de « provoquer » chez les lecteurs une nouvelle vision de la réalité.

I. La provocation au cœur des *Cahiers de Douai*

1. Les cibles de la provocation

- La **provocation** rimbaldienne semble **typiquement adolescente** : elle vise d'abord le monde des adultes, la société bourgeoise, par exemple dans « À la musique ».
- Rimbaud provoque également ses lecteurs en n'hésitant pas à teinter ses poèmes d'**érotisme** et de **grivoiserie**, ainsi qu'on l'observe dans « La Maline ».
- Mais la provocation revêt des **enjeux plus graves**, quand elle vise le régime impérial, accuse les institutions religieuses ou dénonce la guerre, comme dans « Le Mal ».

> **À NOTER**
> On peut **étayer le propos en citant plusieurs poèmes** : « Première soirée », « Rêvé pour l'hiver » et « Au Cabaret-Vert » évoquent aussi le désir sexuel, tabou dans le monde bourgeois.

2. Une écriture provocatrice

- Rimbaud provoque avant tout par son écriture. Il **réutilise des thèmes poétiques** – par exemple le lyrisme romantique dans « Roman » – pour s'en moquer.
- Les **entorses à la versification** constituent de même des provocations délibérées : l'avant-dernier vers de « Ma Bohême » (« Comme des lyres, je / tirais les élastiques ») déséquilibre l'alexandrin, symbole de la tradition.

[Transition] Si la provocation dans les *Cahiers de Douai* semble d'abord relever du pur défi de l'adolescent lancé au monde adulte, sa dimension politique et poétique indique des enjeux profonds. Ne faut-il pas considérer alors que la provocation exprime une véritable vision du monde ?

II. La provocation comme expression de la liberté créatrice

1. La liberté du poète

- La provocation est toujours liée à une **revendication de liberté**. Le personnage éponyme dans « Le Forgeron » se permet de s'exclamer « Merde à ces chiens-là ! » (v. 171) à propos des soutiens du régime monarchique, après avoir affirmé au sujet du peuple : « Nous sommes libres, nous ! » (v. 159).

- Rimbaud lance des **défis au monde ancien** parce qu'il souhaite **s'en libérer pour créer une nouvelle poésie**. Si « Venus Anadyomène » se termine par l'image provocante de l'« ulcère à l'anus », c'est pour en finir avec l'idéalisation de la femme et radicaliser la modernité baudelairienne qui fait de la laideur une source de poésie.

2. La création d'une nouvelle vision du monde

- Il y a chez Rimbaud une véritable jubilation à provoquer ses lecteurs et lectrices, mais cette provocation a aussi pour objet de les **inciter à l'action** : « L'Éclatante Victoire de Sarrebrück » invite à se méfier de la propagande et à s'opposer au régime impérial.
- La lecture des *Cahiers de Douai* vise surtout à « provoquer » un **renouvellement de la vision du monde** qui annonce les lettres du voyant, préfigurées ici par le personnage d'Ophélie, atteinte de folie, rêvant d'« âpre liberté » et d'« Infini terrible », et dont les « grandes visions étranglaient [l]a parole ».

Conclusion

[Synthèse] L'importance de la provocation dans le recueil renvoie ainsi à un désir de liberté dans la vie mais surtout dans l'écriture, activité libératrice et émancipatrice par excellence. **[Ouverture]** Rimbaud accentuera la provocation aussi bien politique que poétique dans ses recueils ultérieurs, avec par exemple « Mauvais sang » dans *Une saison en enfer*.

2 Dissertation • Une poésie de la rupture

Introduction

[Amorce] « Il faut être absolument moderne », écrit Rimbaud à la fin *d'Une saison en enfer*, mettant au centre de sa poésie la nécessité d'aller de l'avant qui suppose une rupture avec le passé. **[Reformulation du sujet]** Rimbaud exprime, dans les *Cahiers de Douai*, sa volonté de rompre avec sa famille et son milieu, aussi bien qu'avec la poésie de son temps. Mais la rupture est-elle si franche dans ce recueil ? **[Problématique]** N'y a-t-il pas, dans les *Cahiers de Douai*, malgré l'affirmation de la volonté de rupture, une continuité avec le passé, une persistance de ce que Rimbaud prétend quitter ? **[Annonce du plan]** On verra que, si les *Cahiers de Douai* peuvent en effet être le lieu d'un refus de l'ancien monde et d'un rejet du passé, le recueil s'avère aussi marqué par l'acceptation du monde et la fidélité au passé.

I. Une poésie de la rupture : refus du monde et rejet du passé

1. Rompre avec le monde extérieur

- La rupture rimbaldienne est d'abord une **fuite** loin de sa mère, de son milieu social, de l'univers politique et religieux qui l'oppresse, ce qui se manifeste par les **fugues** évoquées dans « Au Cabaret-Vert », « La Maline » ou « Ma Bohême ».
- Cela se traduit par des **ruptures de registre**, des changements brutaux de tonalité : dans « Les Reparties de Nina », à l'invitation bucolique et romantique du jeune amoureux répond la préoccupation petite-bourgeoise « Et mon bureau ? ».

> **À NOTER**
> Dans « Roman », de même, la « rupture » amoureuse à la fin du poème symbolise l'antagonisme entre l'univers bohème et lyrique du poète et l'univers bourgeois et pragmatique de la jeune fille.

2. Rompre avec la tradition poétique

◗ Rimbaud rompt avec la tradition poétique sur tous les plans : dans « Rêvé pour l'hiver », il **rompt avec le lyrisme romantique**, grâce à une représentation humoristique de la complicité amoureuse, **et avec les règles de versification**, en alternant alexandrins et hexasyllabes au sein du sonnet.

◗ La syntaxe même, parfois très discontinue, est marquée par la rupture : dans « L'Éclatante Victoire de Sarrebrück », les énoncés brefs morcellent le vers.

[Transition] La rupture est manifeste dans les *Cahiers de Douai*, Rimbaud semblant vouloir se séparer radicalement du monde d'où il vient et de la poésie dont il hérite. Cette rupture est-elle toutefois tout à fait complète ?

II. Une poésie de la continuité : acceptation et fidélité

1. La fusion avec le monde

◗ Plusieurs poèmes mettent en scène **non une rupture mais une union** avec le monde. Ce **désir de fusion** apparaît dans « Sensation », où le poète s'ouvre au monde pour en accueillir la beauté.

◗ Dans « Soleil et chair », Rimbaud reprend un thème essentiel du **romantisme** : il évoque la continuité entre l'être humain et la nature, et appelle à leur réconciliation.

2. La réécriture et l'héritage du passé

◗ Le recueil fait apparaître diverses réécritures, par exemple quand il réinvente l'Ophélie d'*Hamlet* de Shakespeare ou le Tartuffe de Molière.

◗ Dans une large mesure, Rimbaud reprend le geste de rupture déjà accompli par un prédécesseur : Rimbaud, en effet, s'inscrit dans le sillage de la modernité baudelairienne, comme on le voit dans « Bal des pendus » ou dans « Venus Anadyomène ».

> **À NOTER**
> Rimbaud utilise dans « Soleil et chair » l'image du retour à l'enfance et à la fusion avec la mère pour exprimer cette **nostalgie d'un âge perdu**, avant la rupture entre les hommes et les dieux : « Oh ! si l'homme puisait encore à ta mamelle, / Grande mère des dieux et des hommes, Cybèle »

Conclusion

[Synthèse] La poésie du jeune Rimbaud tire donc sa complexité de la tension entre rupture et continuité. **[Ouverture]** Par une telle rupture, Rimbaud crée aussi une nouvelle tradition. Nombreux seront les poètes qui se réclameront de son héritage et pourront écrire, à l'instar de René Char : « Tu as bien fait de partir, Arthur Rimbaud ! »

3 Dissertation • Détruire le monde pour créer un nouvel univers

Introduction

[Amorce] Rimbaud était animé d'une rage destructrice traduisant son rejet violent de tout ce qui pouvait entraver sa liberté. **[Reformulation du sujet]** Le critique Georges Poulet estime que les poètes comme lui « font exploser le monde poétique au centre duquel ils surviennent. Autour d'eux tout s'effondre, et, sur ces décombres, le poète établit un nouvel univers ». **[Problématique]** Ce propos très métaphorique n'est-il pas trop radical ? Ne faut-il pas nuancer cette conception du renouvellement de la poésie accompli par Rimbaud ? **[Annonce du plan]** On verra que, certes, le renouvellement de la poésie passe par la destruction et la reconstruction, mais que, toutefois, le rapport à la tradition est plus nuancé dans les *Cahiers de Douai*. En réalité, la modernité du jeune Rimbaud tient au jeu avec les conventions qui se voient mises à distance bien plus qu'anéanties.

I. Certes, la création suppose destruction et reconstruction

1. La destruction des conventions

- Rimbaud, comme le personnage du « Forgeron », n'hésite pas à parler sans égard pour les conventions, intégrant à la poésie les mots les plus crus : « Le Peuple n'est plus une putain », « Merde à ces chiens-là ! ».
- Cette **violence verbale** exprime la haine et le mépris vis-à-vis du monde qu'il connaît. Dans « Le Châtiment de Tartufe », l'interjection méprisante « Peuh ! » introduit l'oralité et la familiarité.
- Il fait également **exploser les phrases et les vers** dans « Rages de Césars » ou dans « L'Éclatante Victoire de Sarrebrück », où l'alexandrin n'est plus qu'une suite de bribes de phrases.

2. L'invention d'une nouvelle langue

- Mais Rimbaud **enrichit également la langue poétique**, par exemple en employant le néologisme « robinsonne » dans « Roman ».
- Les *Cahiers de Douai* annoncent plus généralement la poésie du voyant avec, par exemple, le vers énigmatique et suggestif « Et l'Infini terrible effara ton œil bleu ! » (« Ophélie »).

À NOTER
Dans ce vers d'« Ophélie », il faut **commenter les sonorités**, notamment l'allitération en [f] et en [R]. La poésie du voyant accorde plus d'importance à la **musique suggestive** des vers qu'à leur intelligibilité.

[Transition] Les *Cahiers de Douai* n'hésitent pas à s'en prendre violemment aux conventions pour reconstruire une poésie annonciatrice de nouveauté. Mais cette nouveauté est-elle vraiment déjà présente dans ce recueil ?

II. Toutefois, Rimbaud emprunte largement à la tradition

1. L'importance des « décombres »

- L'**importance,** dans les *Cahiers de Douai*, **des formes traditionnelles** de l'alexandrin et du sonnet montre que le monde poétique est loin d'avoir été détruit.
- Si Rimbaud fait évoluer la poésie, c'est à l'intérieur des formes et thèmes issus de la tradition : dans le sonnet « Le Buffet », le meuble, qualifié de « fouillis de vieilles vieilleries », figure cet intérêt que l'on peut encore porter au monde d'autrefois.

2. Une transformation plus qu'une destruction

- L'écriture **reprend la tradition et la mêle à la nouveauté**, par exemple en gardant la **forme du sonnet** mais en supprimant la séparation entre quatrains et tercets, comme dans « Ma Bohême ».
- De la même manière, Rimbaud renouvelle les thèmes : il donne un **nouveau visage au lyrisme amoureux** en y ajoutant l'expression d'une sensualité libre et heureuse comme dans « Première soirée ».

[Transition] Faut-il cependant se contenter de noter que la destruction du monde poétique reste modérée dans les *Cahiers de Douai* ? Ne faut-il pas plutôt chercher à cerner le rapport à la tradition, spécifique à ce recueil ?

III. La modernité des *Cahiers* réside en fait dans le jeu avec la tradition

1. Le détournement des codes

- Si Rimbaud **reprend les codes et conventions**, c'est néanmoins **pour les détourner**. « Venus Anadyomène » réécrit ainsi de façon sarcastique la tradition poétique de l'idéalisation du corps féminin.
- Ce détournement permet de **défendre une vision du monde** : « Morts de Quatre-vingt-douze… » détourne le genre du chant patriotique pour contrer la propagande guerrière du Second Empire.

2. La distance malicieuse plutôt que la rage destructrice

- Rimbaud ne détruit pas, mais prend de la distance et **s'amuse**. Dans « Roman », il parodie le lyrisme romantique : les « tilleuls verts », la « nuit de juin » fournissent un cadre typiquement romantique qui contraste avec la proximité de la ville et les « parfums de bière ».
- C'est plus généralement **un certain idéal poétique qui est mis à distance**, comme dans le vers de « Ma Bohême » : « Mon paletot aussi devenait idéal », qui ramène du monde des idées au monde concret.

Conclusion

[Synthèse] Rimbaud joue ainsi avec le « monde poétique », qu'il reprend et met à distance, bien plus qu'il ne le détruit, en tout cas dans les *Cahiers de Douai*. **[Ouverture]** Après avoir remis radicalement en question le monde poétique dans *Une saison en enfer* et les *Illuminations*, il abandonnera purement et simplement l'écriture : lorsque le monde s'effondre pour de bon, il n'y a plus rien à rebâtir, il ne reste que le silence.